天下文化
BELIEVE IN READING

不被大風吹倒

莫言 著

目錄

第三章 當年為之流淚的地方，如今依然為之流淚。

第一章

一個人可以被生活打敗，
但是不能被它打倒。

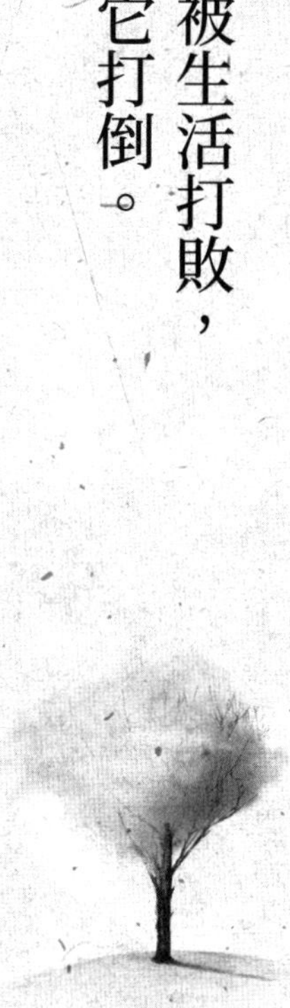

01 不被大風吹倒
——致年輕朋友的一封信

有年輕的朋友問我，如果遇到人生中的艱難時刻，該怎麼辦？

這確實是一個必須面對的重要問題，誰都不敢保證自己一生中不會遇到困難甚至是艱難時刻。我無法告訴你們一個適合所有人的標準答案，但可以與你們分享兩個小故事。當我遇到艱難時刻時，給我帶來知識與力量的是一本書和一個人。

「一本書」是《新華字典》。我一生中遇到的第一個艱難時刻，是童年輟學。當時與我同齡的孩子都在學校裡，他們在一起學習、玩耍，而我孤零零地一個人放牛、割草，十分孤獨。幸好在這個時候，我得到了一本《新華字典》。我當然也希望能閱讀很多的經典作品，但當時的農村書很少，誰家有本書都視若珍寶，輕易不外借。只有這本《新華字典》是屬於我的，我認識的大部分漢字實際上都不是在學校裡學的，而是在輟學之後，通過閱讀這本《新華字典》學的。總之在當年那種孤獨窮困的環境裡，就是這本工具書陪著我度過了艱難時刻，而且也為我以後能拿起筆來寫小說奠定了基礎。

「一個人」是我爺爺。小的時候，我跟著爺爺去荒草甸子*裡割草。歸程時天象詭異，一根飛速旋轉著的黑色的圓柱向我們逼過來，並且伴隨著沉悶如雷鳴的呼隆聲。我驚問爺爺，那是什麼？爺爺淡淡地說，風，使勁拉車吧，孩子。風愈來愈大。我們車上的草被颳到天上去，我被風颳倒在地，雙手死死地抓住了兩叢根系很深的牛筋草才沒有被風颳走。我看到爺爺雙手攥著車把，脊背繃得像一張弓，他的雙腿在顫抖，小褂子被風撕破，只剩下兩個袖子掛在肩上。爺爺與大風對抗著，車子未能前進，但也沒有後退半步。大風過去了，爺爺還保持著這個

---

* 繁中版編注：甸子，指放牧的草地。

姿勢，彷彿一尊雕塑。許久之後，他才慢慢地直起腰，他的手指蜷曲著都伸不開了。爺爺與狂風對峙的模樣，永遠印刻在我的腦海裡。那麼我們是勝利者還是失敗者？風來時，爺爺沒有躲避，儘管風把我們車上的草颳得只剩下一棵，我們的車還在，我們就像釘在大壩上一樣，沒有前進，但是也沒有倒退。我覺得從這個意義來講，我們勝利了。

我的故事是老生常談，不一定能讓你們感興趣，但因為這是我的親身經歷，所以還是講給你們聽，但願能給你們帶來一些啟發。古人云：「道阻且長，行則將至。」年輕朋友們，當我們遇到艱難時刻，不要灰心，不要沮喪。只要努力，總是會有收穫。希望總是在失望甚至是絕望時產生的，並召喚著我們重整旗鼓，奮勇前進。一個人可以被生活打敗，但是不能被它打倒。總之我想，愈是在困難的時刻，愈是文學作品能夠發揮它直達人的心靈的作用的時候。

（二〇二二年五月四日）

02 我為什麼叫「莫言」

我的家鄉高密東北鄉是三個縣交界的地區，交通閉塞，地廣人稀。村子外邊是一望無際的窪地，野草繁茂，野花很多。

我每天都要到窪地裡放牛。因為我很小的時候就已經輟學，所以當別人家的孩子在學校裡讀書時，我就在田野裡與牛為伴。我對牛的了解甚至勝過了我對人的了解。我知道牛的喜怒哀樂，懂得牛的表情，知道牠們心裡想什麼。在那樣一片在一個孩子眼裡幾乎是無邊無際的原野裡，只有我和幾頭牛在一起。牛安詳地吃草，眼睛藍得好像大海裡的海水。

我想跟牛談談，但是牛只顧吃草，根本不理我。我仰面朝天躺在草地上，看著天上的白雲緩慢地移動，好像它們是一些懶洋洋的大漢。我想跟白雲說話，白雲也不理我。天上有許多鳥兒，有雲雀，有百靈，還有一些我認識牠們，但叫不出牠們的名字。牠們叫得實在是太動人了。我經常被鳥兒的叫聲感動得熱淚盈眶。我想與鳥兒們交流，但是牠們也很忙，牠們也不理睬我。我躺在草地上，心中充滿了悲傷的感情。

在這樣的環境裡，我首先學會了想入非非。這是一種半夢半醒的狀態。許多美妙的念頭紛至沓來。我躺在草地上理解了什麼叫愛情，也理解了什麼叫善良。然後我學會了自言自語。

那時候我真是才華橫溢，出口成章，滔滔不絕，而且合轍押韻。有一次我對著一棵樹自言自語。我的母親聽到後大吃一驚，她對我的父親說：「他爹，咱這孩子是不是有毛病了？」

後來我長大了一些，參加了生產隊的集體勞動，進入了成人社會。我在放牛時養成的喜歡說話的毛病給家人帶來了許多麻煩。我母親痛苦地勸告我：「孩子，你能不能不說話？」我當時被母親的表情感動得鼻酸眼熱，發誓再也不說話。但一到了人前，肚子裡的話就像一窩老鼠似的奔突而出。話說過之後，又後悔無比，感到自己辜負了母親的教導。

所以當我開始我的作家生涯時，我為自己起了一個筆名：莫言。但就像我的母親經常罵我的那樣：「狗改不了吃屎，狼改不了吃肉。」我改不了喜歡說話的毛病。為此我得罪了很多人，因為我說的話不好聽，或者是不合時宜。

現在，隨著年齡增長，我的話說得愈來愈少，我母親的在天之靈一定可以感到一些欣慰了吧？

（二〇〇〇年三月）

03 我是個女性崇拜者

有人覺得我的長篇小說《豐乳肥臀》有貶低女性的傾向，今天我來回答一下這個問題。

我沒有貶低女性的心理動機，實際上，有些評論家看了《豐乳肥臀》，反而說我是一個女性主義者，甚至是個女性崇拜者。我接受採訪時也講過，每到最困難最危險的時刻，女人比男人要堅強，女人比男人要偉大。

我在農村生活多年，發現遇到特別大的事情的時候，女性往往比男性鎮靜，因為女人多了一層屬性——母性。母性可以讓女人上天入地，上刀山下火海，生死不怕。一個母親，為了她的孩子，什麼都可以付出。

我的小說集《晚熟的人》裡面有個中篇〈火把與口哨〉，裡邊有位女主人公三嬸，孩子被狼吃了，為了給孩子報仇，她像一個足智多謀而又勇敢無畏的將軍一樣，製作武器，制訂計畫，最終端了狼窩。那樣一種冷靜、果斷、勇敢，男人也未必做得到。

《豐乳肥臀》因為寫得比較大膽，可能與有些讀者的觀念有較大的衝突，但我認為我遵循的還是現實主義的創作方法，塑造的還是典型環境裡的典型人物。這個典型環境就是半殖民地半封建的中國，是舊社會，在這樣的環境裡，女人被壓在社會的最底層，在某種意義上，她們的境遇甚至不如畜生。小說中的母親當然是虛構的，但這個母親的故事和性格，是有深厚的現實基礎的。她不是傳統意義上的賢妻良母，更不是道德楷模。按照傳統道德來衡量，甚至可以說她是個蕩婦，跟那麼多的男人生那麼多的孩子。但如果了解一下那個時候的中國鄉村底層的生活，以及這個人物所生存的家庭處境，似乎應該給予她無限的同情，而不是辱罵與詛咒，該辱罵和詛咒的應該是當時的黑暗社會和封建禮教，而不是這個為了生存而苦苦掙扎的女人。我希望讀者能看到我的真正用意，我真正的用意就是藉這樣一個女性，對封建制度發出最強烈的控訴。

因為在那個年代，一個女人如果結婚之後不生孩子，她會被趕出家門、趕回娘家。不能生育就休妻，這沒有什麼好爭執的。如果你能生育而不能生男孩的話，你在家族裡是沒有地位的，大家都瞧不起你，你也不會受到家庭的、丈夫的和公婆的尊重。正是在這樣一種環境裡，小說裡的上官魯氏只好用這樣一種方式來使自己得到生存的權利。這個人物的脈絡，也是從《紅高粱》裡面的「我奶奶」一路延續下來的。「我奶奶」骨子裡、本質上也是這樣的人，她的那種敢做敢為也是這樣的。

《豐乳肥臀》裡的這個母親對孩子的愛，是超越了利益和階層的，這種大愛，也是人類能夠生存下來的一個重要的保障。這種對於母性的充滿敬畏的描寫，我覺得是一個作家的良知的表現。這種偉大的母性，使女人比男人更包容，比男人更勇敢，比男人更鎮靜，也比男人更偉大，所以我是一個女性崇拜者。

我曾經看過冰心寫的一篇散文，說她丈夫在醫院住院，有一天院長突然打電話讓她去。她去後發現丈夫躺在病床上，身上蒙了一張白床單。她的第一感覺是丈夫去世了。她二話沒說抽身跑回家，煮了一大碗麵條吃下去。因為她看到丈夫死了，馬上想到家裡有孩子有老人，她要安排丈夫的後事，要照顧悲痛的公婆和嗷嗷待哺的孩子，她不能垮掉，所以先煮一大碗麵條吃上。後來她才知道丈夫只是用床單蒙著臉睡著了，院長給她打電話是讓她安排丈夫出院。這個時候，她突然感覺到渾身沒有力量了。

這是冰心講自己的經歷，她一見丈夫死了，沒有放聲大哭，沒有暈倒，而是回家煮了一碗麵條吃上。從藝術的角度看，這是一個反常的、不合情但是合理的細節，我們作家需要的就是這種東西，我們的電影、電視劇需要的也是這種看似反常但卻非常有力量的細節，一部作品裡，如果有幾個這樣的細節，人物就立起來了。

（二〇二一年十月二十五日）

04 我保持年輕的祕訣

時光似箭，日月如梭。我在四年裡，身高大概縮短了一釐米，頭髮減少了大約一千根，皺紋增添了大約一百條。偶爾照照鏡子，深感到歲月的殘酷，心中不由得浮起傷感之情。

在文學創作的道路上，我還是一個學徒。用寫作這種方式，我可以再造自己的少年時光。用寫作，我可以挽住歲月的車輪。寫作，是我與時間抗衡的手段。我把歲月變成了小說，放在了自己的身邊。時間過去了，我身邊的小說會逐漸升高。從這個意義上說，寫作者是可以忘記自己的年齡的。寫作著的人，身體可以衰老，但精神可以永遠年輕。

二〇〇〇年冬天，我完成了長篇小說《檀香刑》，二〇〇一年春天出版。這部小說與我的諸多作品一樣，引起了強烈的爭議。喜歡的人認為這是一部偉大的作品，為二十一世紀的中國小說開闢了一條新的道路；不喜歡的人認為它毫無價值。爭議的焦點，是小說中對施刑場面的詳盡的描寫。我在該書出版後，曾經接受過記者採訪，勸戒優雅的女士不要讀這本書。但後來的事實證明，許多優雅的女士讀了這本書。她們不但沒有做噩夢，也沒有吃不下飯；反倒是許多貌似威猛的男士，發出了一片小兒女的尖叫，抱怨我傷害了他們的神經。由此可見，女人的神經比男人的神經更為堅強。有一個女士給我寫信，說：「我真想請你給我花心的丈夫施上檀香刑。」我回信說：「親愛的女士，你的丈夫花心固然可恨，但遠遠不到給他施檀香刑的程度；而且，這種野蠻的刑罰早已成為歷史陳跡。另外，書中的人物，不能與作者畫等號。」我雖然在書中寫了一個殘酷無情的劊子手，但在生活中，我是個善良懦弱的人，我看到殺雞的場面，腿肚子都會哆嗦。

關於《檀香刑》中殘暴場面的描寫，我認為是必要的。這是小說藝術的必要，而不是我的心理需要。我想這樣的描寫之所以讓某些人看了感到很不舒服，原因在於：這樣的描寫暴露了人類靈魂深處醜陋凶殘的一面，當然也鞭撻了專制社會中統治者依靠酷刑維持黑暗統治的野蠻手段。

有一些批評者認為《檀香刑》是一本殘暴的書，也有人認為這是一本充滿了悲憫精神的書。後邊的說法當然更符合我的本意。寫這本書時，我經常沉浸在悲痛的深淵裡難以自拔。我經常想：人為什麼要這樣呢？人為什麼會這樣呢？為什麼要對自己的同類施以如此殘忍的酷刑呢？許多看上去善良的人，為什麼也會像欣賞戲劇一樣，去觀賞這些慘絕人寰的執刑場面呢？統治者和劊子手、劊子手和罪犯、罪犯和看客，他們之間到底是一種什麼樣的關係呢？——這些問題我很難解答，但我深深地體驗到了這種困惑帶給我的巨大痛苦。我認為這不僅僅是高密東北鄉的困惑，甚至是全人類的困惑。是什麼力量，使同是上帝羽翼庇護下的人類，幹出如此令人髮指的暴行？而且這種暴行，並不因為科技的進步和文化的昌明而消失。因此，這部看起來是在翻騰歷史的《檀香刑》，就具有了現實的意義。

有人還說，《檀香刑》是一個巨大的寓言，我同意這種看法。是的，做為一種殘酷的刑罰，檀香刑消失了，但做為一種黑暗的精神狀態，卻會在某些人心中長久地存在下去。我在寫作這部小說的過程中，一會兒是施刑的劊子手趙甲，一會兒是受刑的貓腔戲班主孫丙，一會兒是處在政治夾縫中的高密縣令錢丁，一會兒又是慾火中燒的少婦孫眉娘。在人生的道路上，每個人都會在不同的時刻，扮演著施刑人、受刑人或者是觀刑人的角色。看完這部書，如果讀者能從中體會到這三種角色的不同心境，從而引發對歷史、對現實、對人性的思考，我的目的就算達到了。

寫完《檀香刑》後，我寫了一些短篇小說，我訪問了美國、法國、瑞典、澳大利亞等國家……這兩年裡我寫得很少，有許多次夢幻般的飛行。身處在萬米高空，透過舷窗看到機翼下的團團白雲和蒼茫大地，我心中不時地浮起一陣陣憂傷的感情。宇宙如此之大，人類如此之小；時空浩渺無邊，人生如此短暫。但老是考慮這些問題也是自尋煩惱。

我想我的痛苦是因為我寫了小說，解除痛苦的辦法也只能是寫小說。

（二〇〇三年十月）

05 我的一天

我知道立秋的節氣已過，但秋後還有一伏，氣溫依然是灼熱逼人，家家的空調機還在轟鳴著。在無事的情況下，我不會在中午這個時刻出門。我在這個時刻，多半是在床上午睡。我可以整夜地不睡覺，但中午不可以不睡覺。如果中午不睡覺，下午我就要頭痛。

我的午休時間很長，十二點上床，起床最早也要三點，有時甚至到了四點。等我迷迷瞪瞪地起來，用涼水洗了臉，下午的陽光已經把窗上的玻璃照耀得一片金黃了。起床之後，我首先要泡上一杯濃茶，然後坐在書桌前，點上一支菸，喝著濃茶抽著香菸。那感覺十分美妙，不可以對外人言也。

喝著茶，抽著菸，我開始翻書。亂翻書，因為我下午不寫作。我從來也沒養成認真讀書的習慣，拿起一本書，有時候竟然從後邊往前看，感到有趣，再從頭往後看。看一會兒書，我就站起來，心中感到有些煩，也可以叫無聊，就在屋裡轉圈，像一頭關在籠子裡的懦弱的野獸。有時就打開那台使用了十幾年的電視機，我家這台電視機的質量實在是好得有點兒惹人煩。十幾年了，天天用，畫面依然清晰，聲音依然立體，使你沒有理由把它扔了。電視裡如果有戲曲節目，我就會興奮得渾身哆嗦。和著戲曲音樂的節拍渾身哆嗦，是我鍛鍊身體的一種方法。我一手捻著一個羽毛球拍子使它們快速地旋轉著，身體也在屋子裡旋轉。和著音樂的節奏，心無雜念，忘乎所以，美妙的感受不可以對外人言也。

使我停止旋轉的從來不是因為累，而是因為電視機裡的戲曲終了；戲曲終了，我心抑鬱。解決鬱悶的方法是拉開冰箱找食物吃。冰箱前不久壞過一次，後來被我敲了一棍子又好了。一般情況下我總能從冰箱裡找到吃的，實在找不到了，就去離家不遠的菜市場採買。

在北京的秋天的下午，我偶爾去逛逛菜市場。以前，北京的四季，不但可以從天空的顏色和植物的生態上分辨出來，而且還可以從市場上的蔬菜和水果上分辨出來。中秋節前後，應時的水果是梨子、蘋果、葡萄，也是各種甜瓜的季節。但現在的北京，由於交通的便捷和流通渠道的暢通，尤其是農業科技的進步，季節對水果的生長失去了制約。比如從前，中秋節時西瓜已經很稀罕，而圍著火爐吃西瓜更是一個夢想。但現在，即便是大雪飄飄的天氣裡，菜市場上，照樣有西瓜賣。世上的水果蔬菜實在是豐富得讓人眼花繚亂無所適從；東西多了，好東西反而少了。

如果是去菜市場回來，我就在門口的收發室把晚報拿回家。看完晚報，差不多就該吃晚飯了。吃完了晚飯的事情，不屬於本文的範圍，我只寫從中午到晚飯前這段時間裡我所幹的事情。

有時候下午也有記者來家採訪我，有時候下午我在家裡要見一些人，有朋友，也有不熟悉的採訪者。媒體採訪是一件很累人的事，但也不能不接受，於是就說一些千篇一律的廢話。朋友來家，自然比接受採訪愉快，我們喝著茶，抽著菸，說一些雜七拉八的話。有時候難免要議論同行，從前我口無遮攔，得罪了不少人。現在年紀大了，多了些世故，一般情況下不臧否人物，能說好話就盡量地說好話，不願說好話就保持沉默，或者今天天氣哈哈哈……

（二〇〇一年八月二十五日下午）

第二章

人世也好，六道也好，
忙忙碌碌，辛辛苦苦，恩恩怨怨。

06 人活著，就是要在虛無之中找出意義

我們為什麼活著？人生的意義是什麼？

這兩個問題太大了，我就試著用自己的方式來回答一下吧。歷朝歷代無數人都在探索和試圖回答這兩個問題，但我覺得沒有確切的答案。我認為，構成我們身體的各種物質元素，竟然能以如此奇妙、絕對複雜、非常完美的方式，組成我們這樣一個個有情感、有理想、有追求的鮮活的個體、鮮活的人。這就是極大的意義，這就是宇宙的意義，不僅僅是地球的意義。我們活著的終極意義，我覺得就是要探究宇宙和我們自身的奧祕。

我們為什麼而活著？為了探究和解決為什麼活著的問題而活著。

那活著太累、太痛苦怎麼辦？我的小說《生死疲勞》或許可以回答這個問題，書裡引用了佛教《八大人覺經》裡的幾句話：「生死疲勞，從貪欲起，少欲無為，身心自在。」

「生死疲勞，從貪欲起」，欲望愈多，苦難愈重，失望愈大。這也是佛教的一個基本觀點。佛教要滅掉一切人的欲望，空即是色，色即是空，什麼都是空的，六道輪迴也是在一個很低層次的階段的輪迴。六道之上的天道也還沒到佛的境界，到了佛的至高無上的境界，一切都是空的。按照佛教的解釋，即便是玉皇大帝，他這個天人的境界也還不是一個至高的境界。當然我們已經把它當做一種理論了，跟現實是不產生關係的。但是佛教毫無疑問又為中國老百姓提供了一種思想方法，看問題的方法，解脫自己的方法。

當你感覺到痛苦不可排解的時候，想想六道都是虛空，那也許痛苦的程度就會減輕一些。其實，從某些角度看，佛教也跟科學（天文學）高度融合。想想宇宙，我們的地球無非是宇宙當中的一粒微塵，在這粒微塵上的一切，功名利祿、是是非非又有什麼價值？所以你想到在浩渺無邊的宇宙裡，能成為一個人就是巨大的幸運，即便是痛苦，也是我們做為一個人的體驗。

很多偉大的科學家，到了晚年，都會相信一個類似上帝的存在。我看網路上流傳著楊振寧先生對於上帝的解釋，他說做為一個人形的上帝當然是不存在的，但是應該存在一種絕對的、至高無上的力量。因為他（楊振寧）研究得愈精深，愈感覺到奇妙——這是怎麼設計的？必定有一個至高無上的設計者。我們現在發現的一切科學規律、數學定理，不是我們創造的，是它本身就存在的。很多物理學的原理，它本來就存在，無非是被發現了而已。這又跟佛教講的東西融合到一塊兒了，所以佛教做為一種思想方法，做為一種哲學，是有意義的。

在小說前頭加上這麼一段話，我覺得就把整個人類放到了一個宏大的環境裡面，讓人產生一種居高臨下的讀書視角。如果站在這樣一個讀書的視角、一種哲學的高度，來讀《生死疲勞》，你也許就會產生一種深深的憐憫，你會感覺到無論是西門鬧也好，藍臉也好，洪泰岳也好，大家實際上都是一種悲劇的存在，大家都是值得同情、值得理解的對象。那麼這樣一種大的憐憫就會產生一種大的寬容，大的寬容就是對所有人的理解和同情，包括對自己的敵人的理解和同情。最終就會產生一種大愛，一種深切的對人的命運的關懷，一種真正的終極的關懷。

寫之前，書名（《生死疲勞》）就定下了。大家都很辛苦，都很疲勞。當然，這個疲勞不是說那種體力勞動的疲勞，是精神的疲勞，也是存在的疲勞。出版社當時確實提出過一個建議，希望把題目改成《高密西門》。我還是堅持要用《生死疲勞》，我覺得這個題目比《高密西門》要大，這就是站在生命之上的一個總結了。

人世也好，六道也好，忙忙碌碌，辛辛苦苦，恩恩怨怨。那麼最後，站在佛教的角度來講，都是一場連夢幻都不是的空的、虛的東西。而人類，就是要在這虛和空裡找出意義和價值。

（二〇二一年九月二十七日）

07 平凡人該不該擁有遠大理想

終其一生做一個平凡人，有錯嗎？

我想這個命題，本身不一定能夠成立。

首先關於「平凡的人」，這個定義，我覺得每個人都有自己的理解。我認為大家都是平凡的人。許多人認為自己不平凡，那麼就證明了他恰好是個平凡的人。真正不平凡的人，往往自認為是很平凡的。我覺得從本質上來講，大家從事的職業可能不同，獲得的財富多少可能不一樣，在仕途上獲得的職位有高有低，但是我想從人的基本尊嚴上來講，從人的各種權利上來講，大家都是平等的。沒有一個人敢於當眾標榜自己不平凡。

我想人都是有長有短的，有人可能在某個方面有特殊的才華、才能，每個人都有別人不具備的一些優點。從這個意義上來講，發揮自己的長項，創造能讓長項得到最大限度表現的機會，是非常重要的。我們只要努力做了，就是一個不平凡的人。

但即便我們成了被別人認為不平凡的人，我們心裡面始終還應該認為自己是個平凡的人。這樣，你自認為是個平凡的人，也許你真的就是個不平凡的人。

人要不要接受自己的平庸？

我不太喜歡「平庸」這個字眼，我更願意用「平凡」來代替它。

我們的社會存在著形形色色的人，茫茫人海，千姿百態。有的富可敵國，有的生活難以為繼；有的身處高位一呼百應，有的自己一個人默默無聞地做著平凡的小事。但是我想，只有這樣，才構成一個社會。如果大家都去幹高大上的工作，都不願意做平凡的工作，這個社會就不存在了。而且即便是目前看起來身處高位的人，實際上也是從平凡做起的，也不是說一生下來他就不平凡。現在很多情況下，我們實際上是把平凡誤當成平庸了。

「平庸」這個字眼，實際上是指一個人在做學問的時候、處理事情的時候，眼界不夠高，見識不夠精到，比較庸俗，這可以叫平庸。這當然是我們要努力改善的狀態，要盡量使我們變得不平庸，盡量使我們變得有遠見卓識，盡量使我們能夠具備看透生活本質的能力，也盡量使我們的工作變得更有價值。

總之，我覺得要處理好「平凡」跟「平庸」的關係。我們絕不排斥平凡，但是我們確實要努力改善，使自己變得不平庸。

人為什麼要努力？人生需要遠大理想嗎？

我覺得人生在世，還是需要努力的。

少壯不努力，老大徒傷悲。我們還是要利用青春年華，利用我們的身體、記憶最好的狀態，努力學習，努力鍛鍊，使自己具備一種技能，掌握必要的知識，然後進入社會，創造更加美好的生活，為他人服務，也為自己的生活努力。

理想當然需要，每個人都有理想，每個人都有夢想。那什麼是遠大理想？我想也沒有一個標準的答案。只要有理想，就去努力吧，有夢想，就去腳踏實地工作，爭取使夢想變為現實。毫無疑問，人是需要理想的，我是這麼看的。

（二〇二二年四月十八日）

08 一個人究竟早熟好還是晚熟好

有位年輕的朋友問了這樣一個問題：「『晚熟的人』應該怎樣用更通俗的話來理解，究竟是早熟好還是晚熟好？」

《晚熟的人》，實際上有很多複雜的社會歷史背景。我小說裡面提到的「晚熟的人」，其實是指在當時的社會環境下，有人得不到施展才華的社會平台，他只能埋沒在日常的、平凡的工作裡，就像千里馬在拉著賣鹽的車一樣。但是現在社會環境變好了，每個人施展自己才華的機會多了。這些在當初受到限制的人，他們的才華、智慧、聰明都表現出來了，就顯得他當年很無用，後來突然變得晚熟了、成功了。這是我小說裡面所描寫的一類人物。

但是在現實生活當中，晚熟和早熟也可能是指一個人智力發育的不同特點。有的小孩，很小的時候就非常聰明，滿口大人話，很早熟。有的小孩可能看起來比較木訥，反應比較遲鈍，他要長很大才顯現出聰明的、有才華的方面。我覺得這跟每一個人的發育過程、心理特徵有關係，無所謂好，也無所謂壞。到底是早熟好呢，還是晚熟好呢，這個沒有必要去比較。

有的時候，這還跟家族遺傳有關係。我在農村的時候，有很多家族的孩子很小就很懂事、很聰明，但是長大後也沒有幹出多少了不起的事業。有的家族的孩子，小時候看起來好像比較遲鈍，但是年齡愈大，他的才能表現得愈充分，反而能幹出一些事情來。所以真是沒有法子來評定，到底是早熟好還是晚熟好。

早熟和晚熟，我覺得應該是隨遇而安，只要身體健康、精神愉快就是最好。

（二〇二一年十二月十三日）

09 我人生中的低谷期，是這樣熬過去的

我覺得我在二十歲之前一直處在低谷期。那個時候感覺到有希望，但實現希望的路徑很窄，希望很渺茫，但是希望從來沒有破滅，那就是要千方百計地走出去，到外面去看更加廣大的世界，了解更多的訊息。希望能夠在廣闊的世界裡面學習知識，使自己具備一些新的才能，幹出一些自己喜歡幹的事情來。

我在開始創作之後，也面臨過幾次低谷。我印象最深刻的是在一九九〇年的時候，我突然感覺不會寫作了。那個時候我已經寫完了《紅高粱》、《透明的紅蘿蔔》這一系列小說，也寫出了《天堂蒜薹之歌》、《酒國》這些長篇，但我突

然感覺我不會寫了，我不願意再重複自己，但是我又找不到新的寫作突破點。

我記得那是一個暑假，我在高密的一個院落裡面的葵花地裡轉來轉去，反覆地思考著，後來我終於尋找到了一個重新獲得寫作自信的方法：寫小文章。我寫了一系列精短的童年記憶中的故事，有奇聞異事，有親身經歷，也有老人講的神魔鬼怪的故事。通過這樣一種對童年舊事、民間故事的寫作，我重新恢復了寫作的信心和勇氣。

然後我又開始了之後幾十年的探索。在後幾十年裡，人生的旅途小有曲折，但基本上還是平坦，沒有經歷過太多驚心動魄的、巨大的變化。有時候，身不由己地被放置在一個社會輿論的中心，被聚焦，被很多的人關注和議論。這個時候，我能夠讓自己安定下來的重要的、最基本的內心原則就是：

第一，不忘根本。我牢記自己是從哪裡來的，不忘記我農村的、平凡的、普通人的出身。

第二，堅持原則。我形成了自己對事物的、對政治的、對社會的、對人生的、對情感的看法，所以無論別人說什麼，我還是能夠按照內心深處所認定的正確的原則來做。

所以我覺得，不管你經歷了大風大浪，還是沒有經歷大風大浪，就是這八個字：不忘根本，堅持原則。

（二〇二二年一月十日）

10 喧囂與真實

一個人只有保持自己的真實面貌，才可能說真話，辦實事，做好人。

要保持一個人的本來面貌還是挺不容易的，因為我們每個人都生活在社會當中，我們除了要跟自己的家人打交道之外，還要跟社會上各個階層的人打交道。學生在學校跟老師和同學打交道，員工在家裡面跟自己的家人打交道，在外也要跟公司的老闆和同行打交道，這樣的現實就迫使每一個人有幾副面孔。無論多麼坦誠樸實的人，在舞台上和臥室裡都是不一樣的，在公眾面前和在家人面前，也是不一樣的。我們能夠做到的也只能是盡量地以本來的面貌見人。今天演講的內容是「喧囂與真實」，這個內容涉及社會生活的很多方面，社會生活總體上看是喧囂的，喧囂是熱鬧的，熱鬧是熱情，是鬧，是熱火朝天，也是敲鑼打鼓，是載歌載舞，是一呼百應，是眾聲喧譁，是望風捕影，是添油加醋，是濃妝豔抹，是遊行集會，是大吃大喝，是猜拳行令，是信口開河，是吸引眼球，是真假難辨，是莫衷一是，是雞一嘴鴨一嘴，是拉幫結夥……確實是眾聲喧譁。

社會生活本來就是喧囂的，或者說喧囂是社會生活的一個方面，或者說是本來面貌，沒有任何力量能讓一個社會不喧囂，當然了，我們冷靜地想一想，從多個角度來考量一下，喧囂也不完全是負面的。喧囂也是社會進步的一種表現，因為原始社會裡是不喧囂的，我們去參觀半坡遺址的時候，想像當時人們的生活場面，那肯定是不喧囂的，一喧囂把洪水猛獸引來了就有生命危險。回想漫長的封建社會，那個時候也是不喧囂的。但是我們想像最近幾十年來，是很喧囂的，改革開放前幾年比較安靜，但是最近十幾年來愈來愈喧囂，這種喧囂有的是有聲的，是在大街上吵架，或者是拳腳相加，有時候是無聲的，是在網路上互相對罵。我想，面對這樣的社會現象，必須客觀冷靜地對待，既不能說它不好，也不能說它很好，所以這樣一種現象，就像我剛才說的，實際上也有正反兩個方面。我們做為一個生活在社會生活中的個體，應該習慣喧囂，我們要具備習慣喧囂跟發現正能量的能力，我們也要具備從喧囂中發現醜惡的清醒。要清醒地認識到，喧囂就是社會生活的一個方面，而使我們的社會真正能夠保持穩定進步的是真實，因為工人不能只喧囂不做工，農民不能只喧囂不種地，教師不能只喧囂不講課，學生不能只喧囂不上課。也就是說，我們這個社會生活中的大多數人還是要腳踏實地、實事求是地老老實實做人，踏踏實實做事，否則只喧囂沒飯吃。

關於真實，我想也是更加重要的社會基礎，真實不僅僅是一個社會的本來面貌，也是事實的本來面貌。有時候喧囂會掩蓋真實，或者說是會掩蓋真相，但是大多數的情況下，喧囂不可能永遠掩蓋真相，或者說不能永遠掩蓋真實。下面我講四個故事，來證明我這個論點。

第一個故事大概發生在二十世紀七〇年代的時候，我的一個闖關東的鄰居回來了，他在村子裡面揚言發了大財，說他去深山老林裡面挖到了一棵人參，賣了幾萬元人民幣，從村子東頭吹到西頭，又從西頭吹到東頭，村民們爭先恐後地請他吃飯，因為大家對有錢人和有經歷的人還是很尊敬的。我們家當然也不能免俗，我們把他請來，坐在炕頭上吃飯。他穿了一件在當時的農民眼裡很漂亮的黑呢子短大衣，即便坐在熱炕頭上滿頭是汗，他也不脫下這件大衣。我奶奶發現他脖子上有一隻蝨子，便用手指將蝨子捏下來，於是他的喧囂就被蝨子給擊破了，因為一個真正有錢的人是不會生蝨子的，過去人講說「窮生蝨子富生癤子」，我們知道他並沒有發財，儘管他穿著呢子短大衣，但是他的內衣很破爛。又過了不久，這個人的表弟也回來了，也穿了一件同樣的呢子短大衣。我奶奶說，你這件大衣跟你表哥的那件很像。他說我表哥就是借了我的。事實又一次擊破了前面那個人喧囂的謊言。

第二個故事是我在《檢察日報》工作期間，曾經了解和接觸了一些貪官的案件。其中某地有一個貪官，他平常穿著樸素，上下班騎自行車，給人一種非常廉潔的外觀印象。他每次開會都要大張旗鼓、義正詞嚴地抨擊貪汙腐敗。過了不久，檢察院從他床下面搜出了幾百萬人民幣。所以真實就把這個貪官關於廉潔、關於反腐敗的喧囂給擊破了，事實勝於雄辯。

第三個就是我的親身經歷。二〇一一年我在故鄉寫作，有一次到集上閒逛，一個賣桃子的人認出了我，說，你怎麼還要來買桃呢？他點著我們市委書記的名字說，讓某某某給你送一車不就行了嗎，你不是當官的嗎？我說，我不是當官的。他馬上說，那是得花錢買。我買了他五斤桃子。我說桃子甜嗎？他說太甜了，新品種。我說你給我給夠秤，他說放心。結果回家一秤，桃子只有三斤多一點兒，他虧了我將近兩斤秤。桃子又酸又澀。真實又一次把賣桃人的喧囂給擊破了。

第四個故事也是我的親身經歷，就是不久前的中考，我有一個親戚，經常見，每次見他，他都義憤填膺地痛罵腐敗，咬牙切齒，怒髮衝冠。今年他的兒子參加中考，離我們縣最好中學的錄取分數線差了五分，他就找到我了，說，就差了五分，你找一找人，讓他去。我說現在誰還敢，反腐敗的呼聲如此高。他說我不怕花錢，我有錢。我說你讓我去送錢，這不是讓我去行賄嗎？這不是腐敗嗎？你不是痛恨腐敗嗎？現在你這樣做不是讓我幫著製造新的貪官汙吏嗎？他說這是兩碼事，這是我的孩子要上學了。這個真實也把親戚反對腐敗的喧囂給擊破了。

我對這四個故事的主人公沒有任何譏諷嘲弄的意思，我也理解他們，同情他們。假如我是我的那位親戚，我的孩子今年中考差了幾分，上不了重點中學，也許我也要想辦法去找人。為什麼會出現這種現象？為什麼大家在不涉及自己切身利益和家庭問題的時候，都是正派、剛強、廉潔的人，而一旦我們碰到了這樣的事情，尤其是涉及了孩子的事情，我們的腰立刻就軟了，我們的原則立刻就不存在了，我想這有人性的弱點，也有社會的缺陷。我講這四個故事沒有譏諷意義，而是要通過這四個故事來反省，讓每個人在看待社會問題的時候，在面對社會喧囂的時候，能夠冷靜地想一想喧囂背後的那一面。

我是一個寫小說的，說得好聽點兒是一個小說家。在小說家的眼裡，喧囂與真實都是文學的內容。我們可以寫喧囂，但是我認為，應該把更多的筆墨用到描寫真實上。當然了，小說家筆下的真實，跟我們生活中的真實是有區別的，是不一樣的，它也可能是誇張的，也可能是變形的，也可能是魔幻的，但是我想誇張、變形和魔幻實際上是為了更加突出真實的存在和真實的力度。總而言之，面對當今既喧囂又真實、萬象紛紜的社會，一個作家應該堅持這樣幾個原則，或者說幾個方法，來面對社會現實。首先，我們要冷靜地觀察，要透過現象看本質。

我們過去說，要研究一個人，就是要聽其言觀其行，我們要察言觀色，觀察會讓你獲得外部的大量訊息。然後，我們要運用邏輯來進行分析，我們要考量現實，我們也要回顧歷史，我們還要展望未來。最後，通過分析得到判斷，然後在這樣的觀察、分析、判斷的基礎上，展開我們的描寫，給讀者一個豐富的文學世界。

（二〇一四年八月十九日）

11 再談悠慢

二〇一一年十二月，在日本北九州舉辦的中日韓東亞文學論壇上，我發表了一篇題為〈悠著點，慢著點〉的演講，演講的副標題「貧富與欲望」是這次論壇給定的議題之一。這篇演講當時參加會議的人一聽而過，並未引起什麼反響，因為其他作家演講中涉及的問題遠比我演講中的問題尖銳。但想不到幾年後，這篇演講又被提及，說好的有，說不好的也有，反倒成了一篇熱文。其實，我明白，一篇舊文重獲關注，並不是因為文章好，而是因為文章中涉及的問題的確是當今社會的熱點，甚至比過去更熱。也就是說，我在文章中呼籲科學理性發展——科學的理性與理性的科學——呼籲人們尤其是富人克制欲望，聽起來或看上去都還很過癮，但到了現實生活中，那就完全是另一回事了。就像所有人都明白，尖端科技不先用於改善民生而先用於製造武器，是科學的異化，但世界上大多數國家都在這樣做著，或者說，即便是大多數國家都有放馬南山鑄劍為犁的美好願望，但只要有一個國家明著或是暗中把最尖端的科學用於研究製造殺人武器，那就沒有一個國家會真的去放馬毀劍。按說這都是涉及地球命運以及人類未來的大事，用不著庶民去操心，但庶民的操心也許會聚集成一種力量，影響到非庶民的階層有所改變。當然，這些都是宋襄公式的仁義與小文人的幼稚，當然也就是廢話了。

「寅吃卯糧」是老成語，「吃了今天不管明天」是民間的老俗話，這些話對有正常思維的人應有警戒作用，但對本身就處在破罐破摔狀態的人或群體是毫無作用的。我們生活在一個動盪不安、瞬息萬變的時代，想躲進小樓不管冬夏春秋的可能性其實不大。為什麼可能性不大，這道理我不說大家也明白。既然躲不進小樓，那就需要在外邊經風雨、見世面、拚搏、求生存，在這樣的環境與狀態下，談悠說慢，其實是瞎忽悠。悠，悠然見南山，那要有吃的有喝的，才能悠然得了；如果家無過夜糧，身無蔽寒衣，那就只能緊著跑，快著幹，掙錢養家，像那些快遞小哥一樣，在車流夾縫中，在大街小巷裡，在樓梯過道上，一溜煙兒地奔跑。

所以，我那篇演講，其實是一通正確的廢話，沒有一丁點兒的可操作性。既不會有政治家因為看了我的文章削減軍費，也不會有富豪讀了我的文章慷慨捐錢，更不會使奢侈品牌店關門。這樣的正確的廢話是否一點兒價值都沒有呢？好像也不能這樣說，文章可以弘揚天地運行之道，可以研討治國安邦之策，可以探究世道人心之變，當然也可以發跺腳捶胸之牢騷。當然，如果能把正確的廢話說得讓人在讀後短暫的時間裡有所認同，那廢話也就不全是廢話了。

在這個一切都呈現著重力加速度狀態的宇宙裡，飛騰與墮落其實是一回事，動與靜也是相對而言，如果一個人別說是把宇宙間的事即便是把地球上的事都想明白了，那活著也就沒有什麼意義了。正因為大家都處在既明白又不太明白的境界裡，才有了這麼多的道德準則、價值標準、是是非非、痛苦歡樂。活著的意義就在於知道人必有一死，奮鬥的意義就在於奮鬥可以證明人也可以不奮鬥。

我已經把大家繞糊塗了吧？不管讀者諸君是否被繞糊塗了，反正我自己基本上是糊塗了。就用前幾天我寫給朋友的一幅字權充此文結尾吧：

「知道萬事皆空，所以分秒必爭。」

（二〇二四年九月二十三日）

12 說風

二〇二二年「五四」前夕，我曾在公眾號上向年輕的朋友們寄語，希望大家不要被大風吹倒。這裡的大風當然是象徵意義的，本意是希望大家鼓起勇氣，敢於面對困難，挑戰困難，最終戰勝困難。當然，很有可能戰勝不了困難，甚至被困難戰勝，但戰一戰還是比不戰而屈服好。

十幾年前，我初獲諾貝爾文學獎時，社會關注度很高，說好的有，說不好的也有，一時議論紛紛，莫衷一是。那時，我曾對媒體表達過我的態度：「心如巨石，八風不動。」

「八風」一詞來自佛家哲學，是指能使人心神不定的八種情境，分別為：利、衰、毀、譽、稱、譏、苦、樂。「利」是遇到可意順心之事。「衰」是失去可愛之物、適意之境。「毀」是遭人背後誹謗。「譽」是背後稱讚。「稱」是當面讚美。「譏」是被人諷刺、挖苦、謾罵、攻擊。「苦」是痛苦、艱難，精神的與肉體的。「樂」是歡娛，肉體的與精神的。這四種順境與四種逆境，猶如大風，從不同方向吹來，能使人心神不安、左顧右盼、進退維艱、猶豫徘徊，或者喜形於色、猖狂自滿、得意忘形、失態敗德。但如果有了足夠好的修養，便會有超常的定力，做到寵辱不驚、毀譽隨人。

這些道理說起來容易，但真要實行起來很難。懂得這些道理的人千千萬，但真能做到「八風不動」的卻是鳳毛麟角。

民間文學中曾流傳著蘇東坡與佛印禪師的故事。說蘇東坡被貶謫後修煉佛學，自覺境界大進，便寫了五個字讓書僮給好友佛印送去。佛印看到紙上寫著「八風吹不動」五個字，便回了兩個字「放屁」，讓小和尚給蘇東坡送去。蘇東坡看了，很是生氣，便去找佛印理論。佛印笑著說：「你不是『八風吹不動』

嗎？怎麼叫個屁給吹過來了？」這故事大半是假的，但也說明了一個人要修煉到「八風不動」是十分困難的。

我小時候聽鄰居大叔講過鄰村一位高人許大爺的故事，說許大爺趕集時，買了個瓦盆，用繩子捆好，背著往家走，幾個小孩子在他身後追逐打鬧，不慎撞碎了他的瓦盆，瓦片紛紛落地。許大爺繼續往前走，好像什麼事都沒發生一樣。旁人問他盆被碰碎，為什麼連頭都不回，他說：「回頭難道就能囫圇起來嗎？」當年聽到這個故事，我沒什麼感覺，現在回想起來，許大爺的話很有哲理，許大爺的表現很有境界，盆已經碎了，回頭有何用？事情已經發生且無法改變，糾纏徒增煩惱，那就不如徑直往前走去。

寫到這裡，我刷了一會兒視頻，看到海南島正遭受著七級颱風的襲擊。那是真正的暴風驟雨，拔樹搖樓，驚天動地。這樣的大風蘊含著多大的能量啊！人類在發明蒸汽機、發明電之前，就開始借助風的力量做工，讓風催動葉片，帶動輪軸轉動石磨，粉碎糧食。漁民則發明了帆，讓風驅動船在大海上航行。二十世紀七〇年代，我們村有幾個拉地排車搞運輸的人，他們在地排車上紮製了簡單的帆篷，借助風的力量，使地排車如船般行進。借風發電，借風乘涼，甚至借風打仗。人類的進步史，很大一部分是利用風的歷史。儘管龍捲風、颱風有巨大的破壞力，但地球上沒了風，一切也就無法運轉了。

前不久余華寫了一篇關於風的文章，讓我在公眾號上發表。為了推介他這篇美文，我重溫了宋玉的〈風賦〉，其中有一句「快哉此風」，被我改成「妙哉此風」做了推介文章的題目。賦中還有句「空穴來風」，已成為使用很廣泛的成語。這篇傳承千古的妙文讓我感慨萬分，我所感慨的並非這些個成語，而是我們已經失去了製造成語的能力與機會。魯迅他們那輩人，還能夠製造出一些成語，而我們這一代作家，好像鮮有成語的製造者了。網路上倒是經常會出現一些流行詞，但這些新詞都比較短命，流行一陣就被棄之不用了。

宋玉在〈風賦〉中忽悠楚襄王，將風分為大王之雄風和庶人之雌風。動物分公母，植物有雌雄，但將風分為雌雄，這想像力也是登峰造極。他的文章裡出現多個被人當成詞語廣泛使用的詞，也就不足為奇了。

我從視頻中看到，在這次「摩羯」颱風中，有幾位勇敢者想出去試試風的威力，雖然他們極力想站穩腳跟，不被風吹倒，但在能把集裝箱都颳得遍地翻滾的颱風中，人的重量，又如何能與風抗衡。他們幸虧抱住了大樹才沒被颳走。

面對著這樣的事實，我那句「不被大風吹倒」的寄語，顯然是不正確的。如果當年我與爺爺遇到的是「摩羯」，我們很可能被颳到爪哇國去了，哪裡還輪得著我在這裡東拉西扯，喋喋不休。

王姓是中國姓氏中數一數二的大姓，琅邪王氏是其中重要一支。王羲之、王漁洋都出自該支。之所以要說這些，主要是想說山東新城*琅邪王氏始祖王貴的太太初氏，被一陣風從諸城吹到了新城的神奇故事。王漁洋是新城琅邪王氏的第八代。那位被風颳來的初氏夫人，就是王漁洋的遠祖奶奶。也就是說，新城琅邪王氏成群結隊的子孫，都是這位奶奶的後代。據王漁洋的家譜記載，始祖王貴在鋤地時，狂風大作，有一位女子從半空中降落，一問，竟是諸城同村人，且少時即由雙方父母定為「娃娃親」，這真是巧他爹遇見巧他娘——太巧了。他們在東家的操持下成婚、落戶，繁衍後代。諸城到新城，有四百多華里，不算遠，但也不算近，一陣風能把一個大活人吹來，落地後毫髮無傷，且頭腦清楚，這故事聽起來很玄乎，但既然如王漁洋這樣的大文學家都這樣說，我們也就相信了吧。

最後，我講個「風浴」的故事來結束這東拉西扯的小文章吧。我說的當然不是現代那些使用精密裝置或生產精密儀器的工廠裡對工作人員身體進行除塵的風浴室，我說的是幾十年前在我們村前那道沙梁上的一個風口。至於什麼原因讓這個地方的風特別強烈，我不知道，但我們都知道這裡是一個風口。每年的二月初二「龍抬頭」後不久，乍暖還寒時節，我們一群七八歲、十來歲的男孩子，會在一個東南風大作的日子，不約而同地集合在沙梁的最高處，將穿了一冬的破棉襖脫下來，掛在酸棗樹枝上。當時，大多數孩子的棉襖裡是不套衣裳的，不是不想套，確實是沒得套，那麼，脫了棉襖也就是光著脊梁了。那些在棉襖裡還套著一件單衣的，也立刻脫下來。大家都光著脊梁，然後迎著風，拍打著胸膛，摩挲著臉、脖子與手能搆得著的地方，嗷嗷叫著，十分地亢奮。在風裡，肯定會有存了一冬天的灰垢與皮屑飛舞，但我們看不見。然後便把棉褲也脫了，大家又是一陣

＊ 原書編注：今山東淄博桓台縣。

狂叫。在愈加囂張的叫聲中，都放下一切思想包袱，解放身心於天地之間，於略帶潮氣、似乎帶著海洋氣息的東南風裡。這樣的風是好風，是能夠帶來貴如油的春雨的風，也是能讓漁民乘著去遠航的風。這樣的風如果被宋玉一描寫，天知道會美成什麼樣子啊！我們在風中追逐著，打鬧著，喊叫著，感覺到整個人都清爽了，然後便穿上衣服回家去。

（二〇二四年九月八日）

第三章

當年爲之流淚的地方，
如今依然爲之流淚。

13 過去的年

我小的時候特別盼望過年。往往是一過了臘月涯，就開始掰著指頭數日子，好像春節是一個遙遠的、很難到達的目的地。對於我們這種焦急的心態，大人們總是發出深沉的感嘆，好像他們不但不喜歡過年，而且還懼怕過年。他們的態度令當時的我感到失望和困惑，現在我完全能夠理解了。小孩子可以興奮地說：過了年，我又長大了一歲。但老人們則嘆息：唶，又老了一歲。

過年意味著小孩子正在向自己生命過程中的輝煌時期進步，而對於大人，則意味著正向衰朽的殘年滑落。

熬到臘月初八，是盼年的第一站。這天的早晨要熬一鍋粥，粥裡要有八樣糧食——其實只需七樣，不可缺少的大棗算一樣。據說在一九四九年前的臘月初八凌晨，廟裡或是慈善的大戶都會在街上支起大鍋施粥，叫花子和窮人們都可以免費喝。我曾經十分嚮往這種施粥的盛典，想想那些巨大無比的鍋，支設在露天裡，成麻袋的米、豆倒進去，黏稠的粥在鍋裡翻滾著，鼓起無數的氣泡，濃濃的香氣瀰漫在凌晨清冷的空氣裡。一群手捧著大碗的孩子排著隊焦急地等待著，他們的臉凍得通紅，鼻尖上掛著清鼻涕。為了抵抗寒冷，他們不停地蹦跳著，喊叫著。我經常幻想我就在等待著領粥的隊伍裡，雖然飢餓，雖然寒冷，但心中充滿了歡樂。後來我在作品中，數次描寫了我想像中的施粥場面，但寫出來的遠不如想像中的輝煌。

過了臘八再熬半月，就到了辭灶日。我們那裡也把辭灶日叫做小年，過得比較認真。早飯和午飯還是平日裡的糙食，晚飯就是一頓餃子。為了等待這頓餃子，我早飯和午飯吃得很少。那時候我的飯量大得實在是驚人，能吃多少個餃子就不說出來嚇人了。辭灶是有儀式的，那就是在餃子出鍋時，先盛出兩碗供在灶台上，然後燒半刀*黃表紙，把那張灶馬也一起焚燒。焚燒完畢，將餃子湯淋一點兒在紙灰上，然後磕一個頭，就算祭灶完畢。這是最簡單的。比較富庶的人家，則要買來些關東糖供在灶前，其意大概是讓即將上天彙報工作的灶王爺嘗點兒甜頭，在上天面前多說好話。也有人說是用關東糖黏住灶王爺的嘴。這種說法不近情理——你黏住了祂的嘴，壞話固然是不能說了，但好話不也說不了了嘛！

祭完了灶，就把那張從灶馬上裁下來的灶馬頭貼到炕上，所謂灶馬頭，其實就是一張農曆的年曆表。一般都是拙劣的木版印製，印在最廉價的白紙上。最上邊印著一個小方臉、生著三綹鬍鬚的人。當年我就感到灶王爺這個神祇的很多矛盾之處，其一就是祂經年累月地趴在鍋灶裡受著煙熏火燎，肯定是個黑臉的漢子，但灶馬頭上的灶王爺臉很白。

過了辭灶日，春節就迫在眉睫了。但在孩子的感覺裡，這段時間還是很漫長。終於熬到了年除夕，家裡的堂屋牆上，掛起了家堂軸子，軸子上畫著一些冠冕堂皇的古人，還有幾個戴著瓜皮小帽的小崽子模樣的孩子，正在那裡放鞭炮。

那時候不但沒有電視，連電都沒有，吃過晚飯後還是先睡覺。睡到三星正晌時被母親悄悄地叫起來。起來穿上新衣，感覺特別神祕、特別寒冷，牙齒嘚嘚地打著戰。家堂軸子前的蠟燭已經點燃，火苗顫抖不止，照耀得軸子上的古人面孔閃閃發光，好像活了一樣。院子裡黑得伸手不見五指，彷彿有許多的高頭大馬在黑暗中咀嚼穀草——如此黑暗的夜再也見不到了，現在的夜不如過去黑了。這是真正開始過年了。這時候絕對不許高聲說話，即便是平日裡脾氣不好的家長，此時也柔聲細語。至於孩子，頭天晚上母親已經反覆地叮囑過了，過年時最好不說話，非得說時，也得斟酌詞語，千萬不能說出不吉利的話，因為過年的這一刻，關係到一家人來年的運道。做年夜飯不能拉風箱——呼啦呼啦的風箱聲會破壞神祕感——因此要燒最好的草、棉花柴或者豆秸。我母親說，年夜裡燒棉花柴，出刀才；燒豆秸，出秀才。秀才嘛，是知識份子，有學問的人，但刀才是什麼，母親也解說不清。大概也是個很好的職業，譬如武將什麼的，反正不會是屠戶或者劊子手。因為草好，灶膛裡火光熊熊，把半個院子都照亮了。鍋裡的蒸氣從

＊ 原書編注：紙的計量單位，現在一刀紙指一百張紙。

門裡洶湧地撲出來。白白胖胖的餃子下到鍋裡去了。每逢此時我就油然地想起那個並不貼切的謎語：從南來了一群鵝，撲棱撲棱下了河。餃子熟了，父親端起盤子，盤子上盛了兩碗餃子，往大門外走去。男孩子舉著早就綁好了鞭炮的桿子緊緊地跟隨著。父親在大門外的空地上放下盤子，點燃了燒紙後，就跪下向四面八方磕頭。男孩子把鞭炮點燃，高高地舉起來。在震耳欲聾的鞭炮聲中，父親完成了他的祭祀天地神靈的工作。回到屋子裡，母親、祖母們已經歡聲笑語了。神祕的儀式已經結束，接下來就是活人們的慶典了。在吃餃子之前，晚輩們要給長輩磕頭，而長輩們早已坐在炕上等待著了。我們在家堂軸子前一邊磕頭一邊大聲地報告著被磕者：給爺爺磕頭，給奶奶磕頭，給爹磕頭，給娘磕頭……長輩們在炕上響亮地說著：「不用磕了，上炕吃餃子吧！」晚輩們磕了頭，長輩們照例要給一點兒磕頭錢，一毛或是兩毛，這已經讓我們興奮得雀躍了。年夜裡的餃子是包進了錢的。現在想起來，那硬幣髒得厲害，但當時我們根本想不到這樣奢侈的問題。我們盼望著能從餃子裡吃出一個硬幣，這是歸自己所有的財產啊，至於吃到帶錢餃子的吉利，孩子們並不在意。

　　過年時還有一件趣事不能不提，那就是裝財神和接財神。往往是你一家人剛剛圍桌吃餃子時，大門外就起了響亮的歌唱聲：「財神到，財神到，過新年，放鞭炮。快答覆，快答覆，你家年年蓋瓦屋。快點拿，快點拿，金子銀子往家爬……」聽到門外財神的歌唱聲，母親就盛上半碗餃子，讓男孩送出去。扮財神的，都是叫花子。他們有的提著瓦罐，有的提著竹籃，站在寒風裡，等待著人們的施捨。這是叫花子們的黃金時刻，無論多麼吝嗇的人家，這時候也不會捨不出那半碗餃子。那時候我很想扮一次財神，但家長不同意。我母親說過一個叫花子扮財神的故事。說一個叫花子，大年夜裡提著一個瓦罐去挨家討要，討了餃子就往瓦罐裡放，感覺已經要了很多，想回家將百家餃子熱熱，自己也過個好年，待到回家一看，小瓦罐的底兒不知何時凍掉了，只有一個餃子凍在了瓦罐的邊緣上。叫花子不由得長嘆一聲，感嘆自己的命運實在是糟糕，連一瓦罐的餃子都擔不上。

　　現在，如果願意，餃子可以天天吃，沒有了吃的吸引，過年的興趣就去了大半。人到中年，更感到時光的難留，每過一次年，就好像敲響了一次警鐘。沒有美食的誘惑，沒有神祕的氣氛，沒有純潔的童心，就沒有過年的樂趣，但這年還是得過下去，為了孩子。我們所懷念的那種過年，現在的孩子不感興趣，他們自有他們的歡樂的年。

時光實在是令人感到恐慌，日子像流水一樣一天天滑了過去。

（一九九九年）

14 我和羊

羊的種類繁多，形態各異，但給我印象最深的是綿羊。

二十年前，有兩隻綿羊是我親密的朋友，牠們的模樣至今還清晰地印在我的腦海裡。那時候，我是什麼模樣已經無法考證了。因為在當時的農村，拍照片的事是很罕見的；六七歲的男孩，也少有照著鏡子看自己模樣的。據母親說，我童年時醜極了，小臉抹得花貓綠狗，唇上掛著兩條鼻涕，鄉下人謂之「二龍吐鬚」。母親還說我小時候飯量極大，好像餓死鬼託生的。去年春節我回去探家，母親又說起往事。她說我本來是個好苗子，可惜正長身體時餓壞了坯子，結果成了現在這個彎彎曲曲的樣子。說著，母親就淚眼婆娑了。我不願意看著母親難過，就扭轉話題，說起那兩隻綿羊。

記得那是一個春天的上午，家裡忽然來了一個衣衫襤褸的老頭。我躲在門後，好奇地看著他，聽他用生疏的外地口音和爺爺說話。他從懷裡摸出了兩個茅草餅給我吃。餅是甜的，吃到口裡沙沙響。那感覺至今還記憶猶新。爺爺讓我稱那老頭為二爺。後來我知道二爺是爺爺的拜把子兄弟，是在淮海戰役時送軍糧的路上結拜的，也算是患難之交。二爺問我：「小三，願意放羊不？」我說：「願意！」二爺說：「那好，等下個集我就給你把羊送來。」

二爺走了，我就天天盼集，還纏著爺爺用麻皮擰了一條鞭子。終於把集盼到了。二爺果然送來了兩隻小羊羔，是用草筐背來的。牠們的顏色像雪一樣，身上的毛打著卷兒。眼睛碧藍，像透明的玻璃珠子。小鼻頭粉嘟嘟的。剛送來時，牠們不停地叫喚，好像兩個孤兒。聽著牠們的叫聲，我的鼻子很酸，眼淚不知不覺地就流了出來。二爺說，這兩隻小羊羔才生出來兩個月，本來還在吃奶，但牠們的媽不幸死了。不過好歹現在已是春天，嫩草兒已經長起來了，只要精心餵養，牠們死不了。

當時正是二十世紀六〇年代初，生活困難，貨幣貶值，市場上什麼都貴，羊更貴。雖說爺爺和二爺是生死朋友，但還是拿出錢給他。二爺氣得山羊鬍子一撅一撅的，說：「大哥，你瞧不起我！這羊，是我送給小三耍的。」爺爺說：「二弟，這不是羊錢，是大哥幫你幾個路費。」二爺的老伴兒剛剛病死，剩下他一個人無依無靠，折騰了家產，想到東北去投奔女兒。他哆嗦著接過錢，眼裡含著淚說：「大哥，咱弟兄們就這麼著了……」

小羊一雄一雌，讀中學的大姊給牠們起了名字，雄的叫「謝廖沙」，雌的叫「瓦麗婭」*。那時候中蘇友好，學校裡開俄語課，大姊是他們班裡的俄語課代表。

我們村坐落在三縣交界處。出村東行二里，就是一片遼闊的大草甸子。春天

---

* 繁中版編注：謝廖沙、瓦麗婭，是前蘇聯作家奧斯特洛夫斯基自傳小說《鋼鐵是怎樣煉成的》主要角色。

一到，一望無際的綠草地上，開著繁多的花朵，好像一塊兒大地毯。在這裡，我和羊找到了樂園。牠們忘掉了愁苦，吃飽了嫩草，就在草地上追逐跳躍。我也高興地在草地上打滾兒。不時有在草地上結巢的雲雀被我們驚起，箭一般射到天上去。

謝廖沙和瓦麗婭漸漸大了，並且很肥。我卻還是那樣矮，還是那樣瘦。家裡人都省飯給我吃，可我總感到吃不飽。每當我看到羊兒的嘴巴靈巧而敏捷地採吃嫩草時，總是油然而生羨慕之情。有時候，我也學著羊兒，啃一些草兒吃。但我畢竟不是羊，那些看起來鮮嫩的綠草，苦澀難以下嚥。

有一天，我無意中發現謝廖沙的頭上露出了兩點粉紅色的東西，不覺萬分驚異，急忙回家請教爺爺。爺爺說羊兒要長角了。我對謝廖沙的長角很反感，因為牠一長角就變得很醜。

春去秋來，謝廖沙已經十分雄偉，四肢矯健有力，頭上的角已很粗壯，盤旋著向兩側伸去。牠已失去了俊美的少年形象，走起路來昂著頭，一副驕傲自大的樣子。我每每將牠的腦袋往下按，想讓牠謙虛一點兒。這使牠很不滿，頭一擺，就把我甩出去了。瓦麗婭也長大了。牠很豐滿，很斯文，像個大閨女。牠也生了角，但很小。

我的兩隻羊在村子裡有了名氣。每當我在草地上放牠們時，就有一些男孩子圍上來，遠遠地觀看謝廖沙頭上的角，並且還打賭：誰要敢摸摸謝廖沙的角，大家就幫他剜一筐野菜。有個叫大壯的逞英雄，躡手躡腳地靠上去，還沒等他動手，就被謝廖沙頂翻了。我當然不怕謝廖沙。只要我不按牠的腦袋，牠對我就很友好。我可以騎在牠背上，讓牠馱著我走好遠。

有好事者勸爺爺把羊賣了，說每隻能賣三百元。聽到這消息，我怕極了，也恨極了。天黑了，不回家，想和羊在草地上露宿。爺爺找到我們，說：「放心吧，孩子，我們不賣。你好不容易將牠們養大，我們怎麼捨得賣？」

在草地上放牧著的還有國有農場一群羊。其中一隻頭羊，聽說是從新疆那邊弄來的。那傢伙已經有六七歲了，個頭比謝廖沙還要大一點兒。那傢伙滿身長毛髒成了黃褐色，兩支青色的角像鐵鞭一樣在頭上彎曲著。那傢伙喜歡斜著眼睛看人，樣子十分可怕。我對這群羊向來是避而遠之。不想有一天，我的兩隻羊卻違背我的意願，硬是主動地和那群羊靠攏了。那個牧羊人看上去有二十七八歲，穿著一身邋遢的藍布學生裝，鼻梁上架著「二餅」，一張小瘦臉白慘慘的，像鹽鹼地似的。這人很熱情地對我說：「小孩，你這兩隻羊放得不錯！」我驕傲地揚起頭。他又說：「可惜品種不好，如果你這隻母羊能用我們這隻新疆種羊交配，生出的小羊保證好。」說著，他指了指那隻醜陋的老公羊。我急忙想把我的羊趕走，但是已經晚了。那隻老公羊看見了瓦麗婭，顛顛地湊了上來。牠骯髒的鼻子在瓦麗婭身後嗅著，嗅一嗅就屏住鼻孔，齜牙咧唇，向著天，做出一副很流氓的樣子來。瓦麗婭夾著尾巴躲避牠，但那傢伙跟在後邊窮追不捨。我揮起鞭子憤怒地抽打著牠，但是牠毫不在乎。這時，謝廖沙勇敢地衝上去了。老公羊是角鬥的老手，牠原地站住，用輕蔑的目光斜視著謝廖沙，活像一個老流氓。第一個回合，老公羊以虛避實，將謝廖沙閃倒在地。但謝廖沙並不畏縮。牠迅速地跳起來，又英猛地衝上去。牠的眼睛射出紅光，鼻孔張大，咻咻地噴著氣，好像一匹我想像中的狼。老公羊不敢輕敵，晃動著鐵角迎上來，一聲巨響，四支角撞到一起，彷彿有火星子濺出來。接下來牠們展開了惡鬥，只聽到乒乒乓乓地亂響，一大片草地被牠們的蹄子踐踏得一塌糊塗。最後，兩隻羊都勢衰力竭，口裡嚼著白沫，毛兒都汗濕了。戰鬥進入膠著狀態。四支羊角交叉在一起。謝廖沙進三步，老公羊退三步；老公羊進三步，謝廖沙退三步。我急得放聲大哭。大罵老公羊，老公羊不理睬。大罵牧羊人，牧羊人也不理睬。牧羊人根本就沒聽到我的叫罵，他低著頭，只顧在一個夾板上畫著什麼。這個壞蛋。我衝上去，用鞭桿子戳著老公羊的屁股。牧羊人上來拉開我，說：「小兄弟，求求你，讓我把這幅鬥羊圖畫完吧……」我看到，他那夾板的一張白紙上，活生生地有謝廖沙和老公羊相持的畫面，只是老公羊的後腿還沒畫好。我這才知道，世上的活物竟然可以搬到紙上。想不到這個窩窩囊囊的牧羊人竟然有這樣大的本事。我對他不由得肅然起了敬意。

牧羊人和我成了很好的朋友。我們每天都在大草甸子裡相會。他使我知道了許多稀奇古怪的事情，我也讓他知道了我們村子裡的許多祕密。他把那幅鬥羊圖送給了我，並在上邊署上了龍飛鳳舞的名字。我如獲至寶，雙手捧回家，家裡人都稱奇。我用一塊熟地瓜把鬥羊圖貼在了牆上。

姊姊星期天回來背口糧，看到了牆上的鬥羊圖，說畫這畫的是省裡挺有名的畫家，可惜被打成了右派。當天下午，我就介紹姊姊和牧羊人認識了。

後來，老公羊和謝廖沙又鬥了幾次，仍然不分勝負，莫名其妙地牠們就和解了。

第二年，瓦麗婭生了兩隻小羊，毛兒細長，大尾巴拖到地面，果然不同尋常。這時，羊已經不值錢了，四隻羊也值不了一百塊。我知道爺爺有點兒後悔，但他嘴裡沒說。

彈指就是二十年，爺爺已經九十歲。我當兵也有了些年頭。去年我回去探親，爺爺說：「那張羊皮，已經被蟲子咬爛了……你二爺，大概早就沒了吧……」

爺爺說的那張羊皮，是謝廖沙的皮。當年，牠與老公羊角鬥之後，性格發生了變化，動不動就頂人。頂不到人時，牠就頂牆，羊圈的牆上被牠頂出了一個大洞。有一次，爺爺去給牠飲水，這傢伙，竟然六親不認，把爺爺的頭頂破了。爺爺說：「這東西，不能留了。」有一天，趁著我不在家，爺爺就讓四叔把牠殺了。我回家看到昔日威風凜凜的謝廖沙，已經變成了肉，在湯鍋裡翻滾。我們家族裡的十幾個孩子，圍在鍋邊，等著吃牠的肉。我的眼裡流出了淚。母親將一碗羊雜遞給我時，我心裡雖然不是滋味，但還是狼吞虎嚥吃了下去。

瓦麗婭和牠的兩個孩子，也被爺爺趕到集上去賣了。

後來，姊姊跟著牧羊人走了。那張鬥羊圖是被姊姊揭走了呢，還是被母親引了火，我已經記不清了。

（一九八一年九月）

15 偷鵝記

二十世紀七〇年代初期，我們村裡的人開始養鵝。我們那兒原本是沒有養鵝的習慣的，這事的起因得從「小頭孀」那兒說起。「小頭孀」是鐵匠老蔡從微山湖那邊帶回來的女人，老蔡叔說那地方養鵝養鴨的特別多，工業產品有竹編殼的「微山湖」牌暖壺。暖壺的商品名應該叫保溫瓶。當時保溫瓶是憑票供應的緊俏商品。後來我查了一下資料，知道了生產這個牌子保溫瓶的廠家在滕縣，現在那地方叫滕州了。退回去三十多年，當時的地方幹部覺得把縣改成市或州是一件很時髦很進步的事，一個地方如果還叫縣，就彷彿這地方土氣似的。其實改縣為市是有成本的。單就那些黨政機關、醫院、學校、企業的牌子與公章的更換與製作，就是一筆很大的費用。其實，山還是那座山，河還是那條河，土地還是那些土地，人還是那些人，改不改都一樣。現在，我看到那些還叫縣的地方，反而感到特別地親切。「縣」字，似乎透露著一種古典之美，當然，這古典之美裡也包含著殘酷與無情，朋友們查字典就明白我的意思了。當然，有的朋友不用查字典也知道我的意思。

現在，跨縣、跨省，甚至跨國婚姻都已司空見慣，但在當時，婚姻的範圍很小，最後導致的結果是一個村子裡的人大都牽瓜連蔓地成了親戚。我曾斗膽說過幾句很可能引起爭議的話。我說改革開放不僅帶來了經濟的繁榮與思想的活躍，還帶來了人的質量的提高。這話當然禁不起嚴密的邏輯批判，所以也就姑妄言之吧。

鐵匠老蔡大叔從遙遠的微山湖地區帶回一個拖著「油瓶」的女人，這件事在我的村子裡引起的轟動是可想而知的。那「油瓶」是個男孩，歲數與我差不多大。我應該是村子裡第一個與他說話的孩子，因此我們成了好朋友。我與他說的

第一句話是「你叫什麼名字」，他說「我叫解放」。這都是二十世紀六〇年代初期的事了。老蔡出身好，又有打鐵的技術，他的影響力超出我的想像，連公社裡的很多幹部都與他有交往，所以他與那個女人的結婚手續以及遷移戶口等在我們看來相當複雜的事好像也沒費什麼勁兒就辦妥了。

現在回憶起來，這個來自遙遠地方的女人其實是個美女，但在當時村人們的審美觀念裡，她的長腿細腰、長脖子小頭，看上去相當不順眼，因此大家給她起了一個綽號叫「小頭嬸」。

那年麥收前，「小頭嬸」從她的家鄉帶來了一個賒小鵝的男人，說是她姨家表哥。那男人膀大腰圓，紅臉膛兒，直鼻子，嘴裡一口看上去很結實的淺黃色的牙。我們這裡每年都會來賒小雞的，但賒小鵝的還是第一次來。那人在村中央粗大的國槐樹下支起了攤子，兩大扁籠毛茸茸的淺黃色的小鵝在籠子裡擁擠著，沙啞著嗓子嗚叫著。村裡的小孩子都圍在樹上看熱鬧，「小頭嬸」撇著西縣腔替她表哥招攬著顧客。村裡人沒有養鵝經驗，都猶豫著不敢賒。蔣家那位面部有幾個淺白麻子的大娘問「小頭嬸」：「他嬸子哎，你光張羅著讓俺們賒，可俺用什麼餵牠們呢？」「小頭嬸」說：「小的時候攪和點兒玉米麵餵餵就行，過幾天趕到大灣裡，吃魚吃蝦吃青草，什麼也不用餵了。」那男子也用濃重的西縣腔附會著，說這玩意兒其實根本不用餵，趕到灣邊去，自己就長大了。「小頭嬸」率先垂範，自己賒了六隻。賒小雞的不幫人分辨公母，但賒小鵝的將公的和母的分籠放著，要賒就賒一對，如果只想賒母的不賒公的，那是絕對不行的。賒鵝人的解釋是，一公一母才能長大，單賒母的是養不活的。

那年村子裡有半數人家賒了小鵝，大多是賒一對，有十幾戶賒了兩對的，「小頭嬸」家賒的最多，三對。凡動物，大都是小時好看，大時也好看，最難看就是半大不小時。雞鴨鵝狗都是這樣。鵝半大不小時，正是陰雨連綿的季節，村子西頭那個長約二里、寬約半里的大灣子積了很多水，像個小湖泊似的。我們幾乎每天都要到灣裡去洗澡，說是洗澡，其實是打鬧戲水。我們村臨河靠灣，村裡的孩子水性都不錯。但我們的水性與「小頭嬸」的「油瓶」兒子解放比起來，那簡直就不是一個等級的。他在大灣裡展示了多種泳姿，驚得我們目瞪口呆。我問他，微山湖比我們這個大灣大多少。他皺皺鼻子，不回答我。後來我看了電影

「鐵道游擊隊」，才知道我的問題是多麼可笑。

村子裡那些已經長得半大不小的鵝，一天到晚泡在灣裡，灣邊有濕地，濕地裡有野草和蛤蜊、泥鰍之類的，鵝就吃這些東西，確實不需要餵了。有的人家的鵝，黃昏時還知道回家去過夜，有的乾脆不回家了，夜裡就趴在草叢中或浮在灣面上。就像「千人千思想，萬人萬模樣」一樣，每隻鵝也都有自己的樣貌，每家的婦女與孩子都認識自家的鵝，鵝也都認識自己的主人。

這裡有必要介紹一隻外號叫「歪把子機槍」的公鵝。這隻鵝是「小頭孀」家六隻鵝中的一隻。這隻鵝小時候脖子被黃鼠狼咬傷而留下殘疾，牠的脖子基部歪向一側，頭頸平行著前伸而不是上揚，所以這隻鵝的姿態彷彿隨時都要發起進攻似的，牠的樣子的確像日本生產的歪把子機槍。這隻殘疾鵝性格暴烈，進攻性很強，在全村的數十隻公鵝中牠是最好鬥且每鬥必勝的，因為牠的殘疾造成了牠進攻的詭異角度，令那些健康的鵝防不勝防。

天氣漸涼了，鵝也漸漸長成了。冬至那天，「小頭孀」引領著她那位賒小鵝的表哥按照當初記下的名單，串著胡同收鵝錢。即便那些沒把鵝養成的人家，嘴裡發著牢騷，抱怨著「小頭嬸」，但也把錢還了。

農曆十一月，有的鵝開始下蛋。有的人家要辦宴席，就把公鵝殺了招待客人。因為母鵝要下蛋，所以每天傍晚養鵝人家的女主人或是孩子，就會到灣邊把自家的鵝找回家，但也有一些公鵝不願回家，就停泊在灣子中央的蒲草與蘆葦叢中，任憑主人呼喚就是不上來。

轉眼進入臘月，天寒地凍，灣子裡結了厚厚的冰。我們儘管白天還是要到田野裡去幹一些平整土地、開挖溝渠之類的活兒，但畢竟夜長晝短，又加上冰天雪地，所以一天也幹不了幾個小時的活兒。大家都不累，晚飯後就聚在六叔家打撲克。六叔是隊裡的會計，可以晚上記帳為由報銷兩斤燈油。解放有一副小丑撲克，所以他也每晚必來。算起來他來我們村也將近十年了，說起話來還有點兒西縣口音。他跟老蔡姓，名字就叫蔡解放。

打到高音喇叭播放〈國際歌〉時，大家都知道九點了，廣播電台的晚間節目結束了，該是回家睡覺的時候了。這時，一個人推門進來了。他是生產隊裡的保管員，外號叫「曹操」，他的真名我就不寫了。曹操，在民間是一個比較負面的形象，儘管很多大人物寫文章為他平反，但羅貫中在《三國演義》中塑造的形象深入人心，大家提起曹操，就會想到「奸詐狡猾」、「詭計多端」這些貶義詞。後來為了稱呼簡便，村裡人便把這個本不姓曹、外號「曹操」的人簡稱為「老曹」了。老曹進門後就摘下帽子，抽打著身上的雪，我們這才知道下雪了，看他肩頭上積雪的厚度，知道雪下得很大。

小個子方七對老曹說：「你怎麼才來，我們要散了。」老曹說：「別散啊，好戲還沒開場呢。」說著，他就從腰裡摸出了一個翠綠的酒瓶子，說，「今天下午跟著老郭去膠河農場喝酒，場部炊事員老王悄悄地遞給我的，景芝白干。」他舉起酒瓶，使勁搖晃了幾下，然後將酒瓶子放在燈光下，讓我們看瓶中那些紛揚的泡沫，而濃烈的酒香，也從瓶蓋的縫隙裡鑽出來。大家都貪婪地抽著鼻子，努力地嗅著酒香。「可惜沒有餚！」老曹說。六叔說：「炒兩個蛋行嗎？」老曹道：「太行了，兩個鵝蛋，加上半顆大白菜。」在炕角睡得迷迷糊糊的六嬸說：「哪裡有鵝蛋？是你下的？」鵝蛋個兒大，差不多每三個就有一斤重。方七道：「算了，明天再聚吧。老曹你先把酒放在這兒，明天晚上大家帶著鵝蛋來，最少一個，多了不限，沒有鵝蛋，雞蛋也行，肉也行，魚也行。」「別算了呀，明天還有明天的局呢。這樣吧，」老曹眼睛裡閃爍著狡猾的光芒說，「小昌、解放，你們倆到大灣裡抓兩隻鵝來，殺了煮煮吃。」方七道：「那要等到什麼時候？」老曹道：「漫漫的長夜，你急什麼？」我看看解放，解放看看我，心中都在猶豫。老曹道：「怕什麼？半夜三更的，沒人知道。」解放道：「只怕會留下腳印。」方七道：「正下著大雪呢，留什麼腳印。」我說：「大家必須保證，誰也不說出去。」老曹道：「如果你們真能抓回鵝，大家吃了，誰會說？年輕人，幹事果敢點兒，別前怕狼後怕虎的。」我和解放交流了一下眼神，便一起往外走。老曹說：「麻利著點兒，大灣北頭那片葦地裡，有十幾隻鵝，我剛才路過時看到了。」

大雪紛飛的天氣似乎不大冷。積雪輝映著空間，不黑。我和解放沒有交談，但我的心情怪怪的，彷彿要去幹一件被允許的壞事，又像去幹一件不被允許的好事。我們分撥開積雪的荊棘棵子，悄無聲息下到大灣冰雪上。冰上積雪格外平展，我們小心翼翼地往那片蘆葦靠近，腳下的冰面發出一聲脆響，嚇了我們一大跳，那響聲沿著冰面放射到很遠的地方。鵝們似乎受到了驚嚇，我們聽到蘆葦中傳來幾聲悠揚的鵝叫。我們曾聽人說過，鵝是由雁馴化而來，因此存有雁的習性，而雁是最為警覺的禽類，牠們睡覺時，會安排一隻雁站崗放哨。

我們先是弓著腰前進，但腳底踩雪發出咯吱咯吱的響聲，這響聲在寂靜的雪地裡被放大到刺耳的程度。為了使襲擊具備突然性，我們趴在雪地上匍匐前進。我們顧不上冰雪扎手，也不怕濡濕了棉襖，為了逮鵝，我們是真拚了。在距離團簇在一堆睡覺的鵝群數米遠時，我們不約而同地一躍而起，撲了上去。鵝群炸開，群鵝鳴叫著奔跑、翻滾。我把一隻鵝壓在身下，為了不讓牠鳴叫，捏住了牠的脖子。我看到解放也得手了。

我們提著鵝回到六叔家時，牆上的掛鐘正好敲響了十二點。我放下手中的鵝，老曹驚呼道：「媽的，這是我家的鵝啊。」老曹家的鵝在屋子裡亂竄著，嘎嘎地叫著。方七一把撈住了鵝脖子，然後猛地一擰。老曹踢了方七一腳，怒罵了一聲。六叔道：「這是天意！」大家笑了幾聲，但看到老曹那惱怒的表情，便壓住了笑聲。這時，我們才看到抱在解放懷裡的那隻鵝，正是那隻外號「歪把子機槍」的鵝霸。牠的歪脖子一抻一縮地掙扎著，眼睛閃爍著黑色的光芒。「這不公道！」老曹說，「酒是我出的，鵝也是我家的，太不公道了。」解放說：「我們家的鵝，我下不了手，你們來吧。」六叔道：「一隻就夠了，這隻歪脖子，肉也不會好吃，放了牠吧。」「那不行！」老曹說。「你們等著。」解放把歪頭鵝抱到門外去。他將死鵝扔了進來，然後踩著雪走了。

（二〇二四年九月二十一日）

16 童年看電影

在二十世紀六〇年代，電影猶如魔法，吸引著許多像我一樣的農村少年的心。別說是導演、演員了，即便是縣電影隊裡那些巡迴放映的放映員，也讓我們感到神祕無比。那時候，我們縣電影隊裡有四個放映小組，每組三個人。他們用獨輪車推著發電機、放映機、膠片和銀幕，在全縣的近千個村莊裡巡迴放映。每當電影組從周邊的村莊漸漸地向我們村莊逼近時，我們便開始了焦慮但又幸福的等待。哥哥姊姊們早就跑到周圍的村莊看了一遍又一遍，回來後就向我眉飛色舞地講述劇情。我非常希望能跟著哥哥姊姊們到周圍的村子裡去看電影，但他們嫌我累贅，不願帶我。我哥說：「我們一出村就是急行軍，每小時起碼十公里，你根本不行。」母親也不同意我去，母親說：「反正過幾天就要來我們村子裡放，早看一天晚看一天又能如何呢？」

終於熬到電影組巡迴到我們村子時，這部影片的故事情節，我已經從哥哥姊姊們的講述中瞭如指掌。

但聽人講述，並不能代替自己觀賞。聽人講述得愈生動愈精采，愈是激起了觀看的欲望。我經常被電影中的情節感動得熱淚盈眶，和義大利影片「天堂電影院」*裡那些鐵桿影迷一樣。一部電影，能使我神魂顛倒半年之久，等到我的精神狀態基本恢復正常後，下一輪的電影又開始向我們的村子逼近了。

隨著年齡的增長，我終於也獲得了出村看電影的資格。先是去鄰村看，漸漸地，活動範圍擴大，終於將看電影的範圍擴展到十幾里外的村莊甚至擴展到外縣的地盤上。我還認識了鄰村一個騎著自行車遍趕四集、名叫杜彪的補鞋匠，我經

---

* 繁中版編注：*Nuovo Cinema Paradiso*，台灣片商譯為「新天堂樂園」。

常能在趕著牛羊過小橋時遇到他。有一天傍晚，我在橋頭上遇到他。他距我大老遠就吆喝：「小跑，快去吧，今晚蓼蘭有電影。」——你不會騙我吧？——我騙你幹什麼？幕布都掛好了，我親眼看見的。——演什麼？——「紅色娘子軍」。——你真的不會騙我嗎？——你這孩子，上輩子讓人騙怕了？我騙你幹什麼？

我好不容易說服了母親，然後找到大奎與小樂，又幫著他們說服了他們的家長。都來不及吃飯，各自抺著一塊餅子一棵蔥，抬腿就往蓼蘭鎮奔跑。一邊奔跑，一邊吞噬餅子大蔥。從我們村到蓼蘭要穿越遼闊的窪地，狹窄的道路兩邊全是密不透風的高粱，有的地方，茂密的野草差不多將道路都遮掩了。不時有狐狸、刺猬等小野獸被我們驚起。跑到中途時天已黑透，滿天繁星，四處蛙鳴，不時有飛鳥驚起，呱呱叫著飛到遠處去。我們沒人說話，但心裡怯怯的。有一個黑乎乎的東西，從我們面前猛地跳起來並發出一聲怪叫，幾乎把我們嚇癱。我感到心跳得彷彿要從嘴巴裡蹦出來。小樂轉身就要往回跑。大奎伸手拽住了他。大奎問我：「是不是真有？」我說：「杜彪親口說的。」大奎說：「他會不會騙你？」小樂哭著說：「他肯定騙你了……如果他不騙你，怎麼還沒聽到動靜呢？」大奎側耳諦聽了幾分鐘，說：「似乎有點兒動靜了，你們聽。」我們也側耳傾聽，除了四周的蛙鳴和蟲子們的合唱，好像是有那麼一絲絲若有若無的音樂聲。既然已經跑到了這裡，還是要去，大奎堅定地說。

我們排成一列，大奎在前，小樂居中，我斷後，快速地前行。十八里路，不是平坦大道，而是崎嶇泥濘的小道；不是光天化日，而是夜色深沉。我們走一陣，跑一陣，身上的汗水都流乾了。終於聽到了音樂聲，終於看到了黑黢黢的大村莊，終於看到了電燈光在村莊上空輝映出的一大片光明……我們趕到現場時，吳瓊花已經參加了娘子軍，顧不了許多，聚精會神看下去，還沒看夠就完了。看完電影往回走，起初還議論著劇情，但漸漸地，腿肚子好像灌了鉛，眼皮愈來愈沉，走著走著就打起瞌睡，恨不得躺到地上沉沉睡去。大奎告訴我們，高粱地裡真的有狼，如果我們睡了，就會被狼吃掉。

月亮不知何時升起來，半塊月亮。三星已經偏西，分明是後半夜了。偶爾有一顆大流星拖著長長的尾巴劃破天際，讓我們振奮一剎那，但片刻即重墮昏昏沉沉的狀態。心中不時泛起悔意，甚至是絕望。小樂已經哭了好幾次了。大奎在關鍵時刻表現出領袖氣質，用各種方式激勵著我們前進。他其實只比我大兩歲。後來他成了我們高密東北鄉最有名的殺豬匠既是必然的，也是令人無比遺憾的。當我們終於爬上村後高高的河堤時，聽到母親高聲喊叫我的乳名。我的眼淚唰地流了出來。

但第二天，我們三個都很驕傲，我們給那些比我們大的人和比我們小的人講述「紅色娘子軍」的劇情，前邊沒看到的地方，我們含糊帶過。我們那時記憶力好，電影插曲，聽一遍即可複唱。我尤其喜歡渲染瓊花那隻托著幾枚銀幣、布滿整個銀幕的大手，而且我還知道那叫做「特寫鏡頭」。

隨著我們年齡的增長和生活的逐步改善，我們都有了自己的自行車，看電影的範圍進一步擴大。電影，成了那些歲月裡安慰我們心靈的清泉，也成了聯繫我們與外縣青年友誼的紐帶。我們村子裡的好幾個年輕人，都是在看電影時，與外縣的青年談上了戀愛並結成美好姻緣。

許多年後，當我在電視螢幕上重溫那些我在少年時代看過的老電影時，當年為之流淚的地方，如今依然為之流淚。看老電影，其實已成為一種懷舊行為。與其說是在看老電影，不如說是藉此回憶自己的青春歲月。

到了二十世紀八〇年代末，電視機漸漸地進入千家萬戶。但就像電影的出現並沒有讓小說終結一樣，電視的出現也沒讓電影從人類的文化盛宴中退席。小說、電影、電視，各自按照自己的軌跡向前發展著，只是它們更多地交織在一起。

當初，我做夢也沒有想到，幾十年後，我竟然跟電影發生了密切的關係。張藝謀提著一隻鞋子，瘸著一條腿（他在擠公共汽車時腳被軋傷），到我當時就讀的學校來找我，說要將《紅高粱》改編成電影。

（二〇〇九年十月）

17 我與酒的淵源

三十多年前，我父親很慷慨地用十斤紅薯乾換回兩斤散裝的白酒，準備招待一位即將前來為我爺爺治病的貴客。父親說那貴客是性情中人，雖醫術高明，但並不專門行醫。據說他能用雙手同時寫字——一手寫梅花篆字，一手寫蝌蚪文。且極善飲，還通劍術。酒後每每高歌，歌聲蒼涼，聲震屋瓦。歌後喜舞劍，最妙的是月下舞，只見一片銀光閃爍，全不見人在哪裡。這位俠客式的人物，好像是我爺爺的姥姥家族裡的人，不唯我們這一輩的人沒有見過，連父親他們那一輩也沒見過。

父親把酒放在窗台上，等著貴客到來。我們弟兄們，更是盼星星盼月亮一樣盼著他。盼了好久，也沒盼到奇人。

那瓶白酒在窗台上顯得很是寂寞。酒是用一個白色的瓶子盛著的，瓶口堵著橡膠塞子，嚴密得進不去空氣。我經常觀察著那瓶中透明的液體，想像著那芳香的氣味。有時還把瓶子提起來，一手攥著瓶頸，一手托著瓶底，發瘋般地搖晃，然後猛地停下來，觀賞那瓶中無數的紛紛搖搖的細小的珍珠般的泡沫。這樣猛烈搖晃之後，似乎就有一縷酒香從瓶中溢發出來，令我垂涎欲滴。但我不敢喝，因為爺爺和父親都沒捨得喝。如果他們一時發現少酒，必將用嚴酷的家法對我實行毫不留情的制裁。

終於有一天，正好家中無人，我用牙咬開那瓶塞子，抱起瓶子，先是試試探探地抿了一小口——滋味確實美妙無比，然後又惡狠狠地喝了一大口——彷彿有一團綠色的火苗子在我的腹中燃燒，眼前的景物不安地晃動。我蓋好酒瓶子，溜出家門，頭重腳輕、騰雲駕霧般地跑到河堤上。

從此，我一得機會便去悄悄地喝那瓶中的酒。為了防止被發現，每次喝罷，便從水缸裡舀來涼水灌到瓶中。幾個月後，那瓶中裝的究竟是水還是酒，已經很難說清楚了。幾十年後，說起那瓶酒的故事，我二哥嘿嘿地笑著坦白——喝那瓶酒的，除了我以外還有他。當然他也是喝了酒回灌涼水。

我喝酒的生涯就這樣祕密開始了。那時候真的饞呀，村東頭有人家喝酒，我在村西頭就能聞到味道。長到十七八歲時，有一些赴喜宴的機會，母親便有意識地派我去，是為了讓我去飽餐一頓呢，還是痛飲一頓呢，母親沒有說。她只是讓我去，其實我的二哥更有資格去，也許這就是天下爹娘偏向小兒的表現吧。後來當了兵，喝酒的機會多起來，但軍令森嚴，總是淺嘗輒止，不敢盡興。每次我回故鄉，都有赴不完的酒宴。每每三杯酒下肚，便感到豪情萬丈，忘了母親的叮囑和醉酒後的痛苦，「李白鬥酒詩百篇」、「人生難得幾次醉」等壯語在耳邊轟轟地迴響。所以，一勸就喝，不勸也喝，一直喝到醜態百出。

一九八八年秋天的一個晚上的一次醉酒，人們把我送到縣醫院，又是打吊針*，又是催吐，搶救了大半天。這次醉酒，使我的身體受到了很大的傷害，在以後的很長一段時間裡，一聞到酒味就噁心。從此喝酒謹慎了。年輕時沒酒喝時，心心念念地盼望著：何時能痛痛快快地喝一次呢？但一九八〇年代中期以後，我對酒厭惡了。有一段時間，乾脆不喝了，無論你是多麼鐵的哥們，無論你用什麼樣的花言巧語相勸，也不喝，退出了酒場。

我曾寫過一部名叫《酒國》的長篇小說，試圖清算一下酒的罪惡，喚醒醉鄉中的人們，但這無疑是醉人做夢，隔靴搔癢。兒童喝酒是一件不好的事情。我們當時也是在那個特殊的年代裡，做了這麼一些蠢事，當今的孩子千萬不要模仿。

（一九九七年二月）

* 繁中版編注：即打點滴。

18 洗熱水澡

當兵之前，我在農村生活了二十年，從沒洗過一次熱水澡。那時候我們洗澡是到河裡去。回憶中，那時候的夏天比現在熱得多，吃罷午飯，總是滿身大汗。什麼也顧不上，扔下飯碗便飛快地跑上河堤，一頭扎到河裡去，扎猛子*打撲通，這行為本是游泳，但我們從來把這說成是洗澡。我們都是好水性，沒人教，完全是無師自通，游泳的姿勢也是五花八門。那時候，每到夏天，十歲以下的男孩子，基本上只穿一條褲頭，有的甚至一絲不掛。我們身上沾滿了泥巴，曬得像一條條黑鮁魚。

河裡結了冰，我們就沒法子洗澡了。然後就乾巴一個冬季，任憑身上的灰垢積累得比銅錢還要厚。那時候我們並不知道城裡人在冬季還能洗熱水澡。

我第一次洗熱水澡是應徵入伍後到縣城裡去換穿軍裝的時候。那時我已二十歲。那個冬季裡我們縣共徵收了六百名士兵，在縣城集合，發放了軍裝後，被分到兩個澡堂子裡去。三百個青年，光溜溜的，發一聲喊，衝進澡堂裡去，像下餃子一樣跳到池中。水池立刻就滿了人，好似肉的叢林。這次所謂洗澡，不過是用熱水沾了沾身體罷了。力氣小的擠不進去，連身體也沒沾濕。但是從此之後，我知道了人在嚴寒的冬天，可以在室內用熱水洗澡這件事。

當兵後，部隊住在偏遠的農村，周圍連條可以洗澡的河都沒有。我們整天摸爬滾打，還要養豬種菜，髒得像泥猴子似的，身上散發著臭氣。每逢重大節日，部隊領導就提前派人到縣城裡去聯繫澡堂子。聯繫好了，就用大卡車拉著我們去。這一天部隊把整個澡堂包下來了，我們可以盡興地洗。我們所在的那個縣是

＊ 繁中版編注：指游泳時，頭往水下鑽。

革命的老根據地，對子弟兵有很深的感情。澡堂工作人員對我們特別客氣，免費供應茶水，還免費供應肥皂，把我們感動得很厲害。我們在澡堂子裡一般要耗四個小時，上午九點進去，中午一點出來。我們在老兵的帶領下，先到水溫不太高的大池子裡泡，泡透了，爬上來，兩個人一對，互相搓身上的灰。直搓得滿身通紅，好像褪去了一層皮——也的確是褪去了一層皮。搓完了灰，再下水去泡著。泡一會兒，再上來搓灰。這一次是細搓，連腳丫縫隙裡都要搓到。

搓完了，老兵同志站在池子沿上，說：「不怕燙的、會享福的跟我到小池子裡泡著去。」我們就跟著老兵到小池子裡去。小池子裡的水溫四十多攝氏度，水清見底，冒著裊裊的蒸氣。一個新兵伸手試了試，哇地叫了一聲。老兵輕蔑地看了他一眼，說：「大驚小怪幹什麼？」然後，好像給我們表演似的，他屏住氣息，雙手按著池子的邊沿，閉著眼，將身體慢慢地順到池子裡。他人下了池子，幾分鐘後還是無聲無息，我們胡思亂想著但是不敢吭氣。過了許久，水池中那個老兵才長長地吐出一口氣，足有三米長。

我們在一個忠厚老兵的教導下，排著隊蹲在池邊，用手往身上撩熱水，讓皮膚逐漸適應。然後，慢慢地把腳後跟往水裡放。一點兒一點兒地放，牙縫裡嘶嘶地往裡吸著氣。漸漸地把整個腳放下去了。老兵說，不管燙得有多痛，只要放下去的部分，就不能提上來。我們遵循著他的教導，咬緊牙關，一點點地往下放腿，終於放到了大腿根部。這時你感到，好像有針在扎著你的腿，你的眼前冒著金火花，兩個耳朵眼裡嗡嗡地響。你一定要咬住牙關，千萬不能動搖，一動搖什麼都完了。你感到熱汗就像小蟲子一樣從你的毛孔裡爬出來。然後，在老兵的鼓勵下，你一閉眼，一咬牙，猛地將整個身體浸到熱水中。這時候你會百感交集，多數人會像火箭一樣竄出水面。老兵說，意志堅定不堅定，全看這一霎間。你一往外竄，等於前功盡棄，這輩子也沒福洗真正的熱水澡了。這時你無論如何也要狠下心，咬住牙，你的血液像開水一樣在你的血管子裡循環，你汗如雨下，你血裡的髒東西全部順著汗水流出來了。過了這個階段，你感到你的身體不知道哪裡去了，你基本上不是你了。你能感覺到的只有你的腦袋，你能支配的器官只有你的眼皮，如果眼皮算個器官的話。連眼皮也懶得睜開。你這時盡可以閉上眼睛，把頭枕在池子沿上睡一覺吧。

在這樣的熱水中像神仙一樣泡上十分鐘，然後調動昏昏沉沉的意識，自己對自己說：「行了，夥計，該上去了，再不上去就泡化了。」你努力找到自己的身體，用雙手把住池子的邊沿，慢慢地往上抽身體，你想快也快不了。你終於爬上來了。你低頭看到，你的身體紅得像一隻煮熟的大龍蝦，散發著一股新鮮的氣味。澡堂中本來溫度很高，但是你卻感到涼風習習，好像進了神仙洞府。你看到一根條凳，趕快躺下來。如果找不到條凳，你就隨便找個地方躺下吧。你感到渾身上下，有一股說痛不是痛，說麻不是麻的古怪滋味，這滋味說不上是幸福還是痛苦，反正會讓你終生難忘。躺在涼森森的條凳上，你感到天旋地轉，渾身輕飄飄的，有點兒騰雲駕霧的意思。躺上半小時，你爬起來，再到熱水池中去浸泡十分鐘，然後就到蓮蓬頭那兒，把身體沖一沖，其實沖不沖都無所謂，在那個時代裡，我們沒有那麼多衛生觀念。洗這樣一次澡，幾乎有點兒像脫胎換骨，我們神清氣爽，自覺美麗無比。

（一九九三年）

19 割草詩

二十世紀八〇年代末，朋友贈送我一本《散宜生詩》，讀來如飲濃茶，略有苦味但餘香滿口。散宜生本名聶紺弩，是黃埔軍校二期學員，後去莫斯科中山大學學習，與數位黨和國家領導人做過同學。新中國成立後，他擔任人民文學出版社副總編輯，在整理、研究古典文學方面頗有建樹。他的詩基本上是在北大荒勞改時所作，用舊格律，寫新內容，幽默、諧謔，富含哲理，自創新格。如果說他有傳承，我認為他的源頭在魯迅先生那兒，在「破帽遮顏過鬧市」、「俯首甘為孺子牛」那兒。新中國成立後，文化人所寫舊體詩形成了自家鮮明風格的，除了他，我想不出還有誰。這本詩集裡有一首，好像是專門為我寫的，抄之與大家共賞：

割草贈莫言

長柄大鐮四面揮，眼前高草立紛披。
風雲怒吒天山駭，敕勒狂歌地母悲。
整日黃河身上瀉，有時蘆管口中吹。
莫言料恐言多敗，草為金人縛嘴皮。

第一句中的「長柄大鐮」，是指那種釤鐮，我們在蘇聯電影「靜靜的頓河」*裡看到過。那工具效率很高，但使用者腰功要好，身體的節奏感要強。看大釤鐮割草如同看精采的舞蹈，雖然沒有音樂伴奏，但勞動者的心中是有旋律的。這旋律應該是轟轟烈烈的，因此這勞動也是很有氣勢的。於是就如風雲怒吒，敕勒狂歌，連天山也為之驚駭，地母也為之悲哀。那紛飛的草屑，就像黃河之水一樣在身上流淌。勞動的間隙裡折根蘆管吹奏小曲，也體現了樂觀精神。尾聯用典，出自西漢劉向的《說苑・敬慎》：「孔子之周，觀於太廟，右陛之前，有金人焉，三緘其口，而銘其背曰：『古之慎言人也，戒之哉！戒之哉！無多言，多言多敗。』」

詩中的「莫言」本名叫莫然，是與聶老一起割草的工友。「莫言」是聶老為他起的外號。

讀了這首詩，我感到自己雖然不是那個與聶公一起揮動著大鐮割草的前輩，但也似乎目睹過他們割草的場面：茫茫的草地，枯黃的野草，金色的陽光，被驚動後飛上天的百靈鳥，還有野兔、狐狸、狍子、獾、刺猬、野羊，甚至還有狼。碎草的氣味是令人感到治癒的，勞動者的快樂建立在勞動技能的熟練掌握並受到觀者讚賞的基礎上。

我讀這首詩時就想到一九七三年八月我到高密縣第五棉花加工廠當合同工的

＊ 繁中版編注：*And Quiet Flows the Don*，改編自前蘇聯作家蕭洛霍夫同名小說。

事。初進廠時，棉花尚未開始收購，我們的主要工作是割廠區的野草，清理場地。儘管我在村裡並不是勞動能手，但在這棉花加工廠裡，與那些城鎮來的知青相比，我的勞動能力就顯得非常突出了。割草時，他們生怕弄髒了衣裳，蹲著，像割韭菜一樣小心翼翼地、一撮一撮地割；而我躬著腰，左手拿著一根帶杈把的木棒，右手大幅度地揮動鐮刀，一個人的勞動成果，勝過他們一群人。

在入廠後的第一次會議上，廠黨支部書記十分高調地表揚了我，說我不怕苦不怕累，幹活一個頂十個。書記的表揚讓我十分高興，因為在村裡勞動時，我聽到的多半是批評，而在廠裡，竟然得到了表揚。這是我人生歷程中的一個重要轉折點，我意識到，人無論在哪裡幹活，都不要偷懶耍滑，只要努力幹了，就會得到好評。當然，除了捨得賣力氣，還得有勞動技巧。勞動者的光榮與自尊基本建立在熟練的勞動技巧上。

讀了這首詩後，我寫了一首打油詩。說是打油詩，其實還是恪守格律的。詩曰：

一柄長鐮三面揮，眼前綠草亂紛飛。

知青畏縮作嬌態，老莫伸張顯虎威。
書記表彰揚鬥志，小農感慨動心扉。
人生命運轉折處，常在夢中捏汗歸。

（二〇二四年九月二十三日）

20 柏林牆下

一九八七年五月，我跟隨中國作家代表團去聯邦德國訪問。這是我平生第一次出國，所以很緊張也很興奮。訪問過程中的許多細節我還記得很清晰。那時候作家被作協安排出國是很被周圍人羨慕的事。當時我在軍隊工作，辦理出國手續很麻煩。這次出國，雖然是由作協組織的，但邀請者或者說為這次十幾個人的訪問買單的卻是聯邦德國的一位富豪老太太。這是一個年輕時繼承了很多遺產的孤身老人，她熱愛中國，喜歡中國文學，所以她通過使館與中國作家協會商談此事時，特意提出代表團裡應該有幾個寫作勢頭好的青年作家，這大概就是我能幸運地得到這次訪問機會的主要原因。

那時候，因公出國的人，單位補助五百元的置裝費。我去單位財務那兒領了五百元，去「紅都」服裝店訂做了一套西裝，還買了兩條領帶。那時候，會紮領帶的人很少，幸虧認識電影學院的一位同學，他帶著會紮領帶的女朋友來我宿舍教會了我紮領帶。在德期間，我覺得紮領帶有點兒不好意思，王安憶批評我說：「穿著西裝不紮領帶是很難看的。」後來我就紮上了。從當時留下的幾張照片上看，穿西裝紮上領帶確實比不紮領帶好看。

初到聯邦德國，給我留下深刻印象的是四通八達的高速公路，那時候中國好像連一公里高速公路也沒有。再就是一天三頓飯都有肉吃。一天三頓都吃肉，這在當時的我心目中，已經接近童話故事裡國王的生活了。

那時候柏林牆還立著，將柏林一分為二，民主德國和聯邦德國還是兩個不同陣營的國家。我們去東柏林，還須查驗護照。我記得東德查驗護照的是一名身體高大、面孔英俊的士兵，他滿臉笑意地把目光從護照的照片上迅速地移到我們臉上，然後啪地蓋上一個章。他對我們的友好態度是同志式的。我們中的一位先生就用「達瓦里希」*稱呼他，於是那年輕士兵臉上的表情變得更加親切友好。這讓我想起在一些東歐或蘇聯的電影裡，所感受到的那種氛圍。

登上柏林的電視塔鳥瞰全城，看到的也是高樓大廈，但城市的表情是嚴肅刻板的，如果城市有表情的話。

到柏林牆邊參觀，是我們這次長達一個月的訪問過程中的一個重要節目。那時候還沒有手機，有照相機的人很少，所以我也沒在牆邊留影，這是很遺憾的事情。牆上全是塗鴉，有文字，有圖案，翻譯過來基本上都是諷刺與挖苦。

我正在距牆數米遠處認真地欣賞牆上的圖案時，左前方的一位老婦人猛然一個轉身。她轉身時順便把右手拄著的雨傘掄了起來，傘的鐵尖猛地戳到了我的左眼上。一陣劇烈的疼痛使我不由自主地蹲在地上，眼淚順著我的指縫流了下來。

不知過了多久，我站了起來，鬆開捂眼的左手，看到色彩斑斕的柏林牆在陽光下晃動著。我用右手捂住右眼來判定左眼受傷的程度，還好，雖然視物有些模糊，但還能看見。慢慢地，我看清了那位給了我重重一擊的老太太。她滿頭的白髮，滿臉皺紋，臉上掛著局促不安的表情。她急切地對我說著什麼，翻譯跑過來，對我說她在向你道歉，她願意陪你去醫院。我接過同行者遞過來的紙擦乾了眼淚，定了定睛，發現視力未受什麼影響，便揮了揮手，讓那老太太走了。

後來我找了個有鏡子的地方照了照，看到左眼下瞼上有一個米粒大小的傷口。團裡領導說：「太危險了，差一點兒你這隻眼睛就廢了。」

過了幾年，我又到德國去，此時兩德已經統一，柏林牆也蕩然無存。我站在那段殘留的廢墟前，回憶起往事，心中感慨萬千。

（二〇二四年九月二十日）

＊原書編注：指同志，是俄語詞彙的音譯。

第四章

他處在人生的最低處，
但他的精神總能如雄鷹翱翔在雲端之上。

21 母親

我出生於山東省高密縣一個偏僻的鄉村。五歲的時候，正是中國歷史上比較艱難的歲月。生活留給我最初的記憶是母親坐在一棵白花盛開的梨樹下，用一根洗衣用的紫紅色的棒槌，在一塊白色的石頭上，捶打野菜的情景。綠色的汁液流到地上，濺到母親的胸前，空氣中瀰漫著野菜汁液苦澀的氣味。那棒槌敲打野菜發出的聲音，沉悶而潮濕，讓我的心感到一陣陣的緊縮。

這是一個有聲音、有顏色、有氣味的畫面，是我人生記憶的起點，也是我文學道路的起點。我用耳朵、鼻子、眼睛、身體來把握生活，來感受事物。儲存在我腦海裡的記憶，都是這樣的有聲音、有顏色、有氣味、有形狀的立體記憶，活生生的綜合性形象。這種感受生活和記憶事物的方式，在某種程度上決定了我小說的面貌和特質。這個記憶的畫面中更讓我難以忘卻的是，愁容滿面的母親在辛苦地勞作時，嘴裡竟然哼唱著一支小曲！當時，在我們這個人口眾多的大家庭中，勞作最辛苦的是母親，飢餓最嚴重的也是母親。她一邊捶打野菜一邊哭泣才符合常理，但她不是哭泣而是歌唱，這一細節，直到今天，我也不能很好地理解它所包含的意義。

我母親沒讀過書，不認識文字，她一生中遭受的苦難，真是難以盡述。戰爭、飢餓、疾病，在那樣的苦難中，是什麼樣的力量支撐她活下來？是什麼樣的力量使她在飢腸轆轆、疾病纏身時還能歌唱？我在母親生前，一直想跟她談談這個問題，但每次我都感到沒有資格向母親提問。有一段時間，村子裡連續自殺了幾個女人，我莫名其妙地感到了一種巨大的恐懼。那時候我們家正是最艱難的時刻，父親被人誣陷，家裡存糧無多，母親舊病復發，無錢醫治。我總是擔心母親走上自尋短見的絕路。每當我下工歸來時，一進門就要大聲喊叫，只有聽到母親的回答時，心中才感到一塊石頭落了地。有一次下工回來已是傍晚，母親沒有回答我的呼喊，我急忙跑到牛欄、廁所裡去尋找，都沒有母親的蹤影。我感到最可怕的事情發生了，不由得大聲哭起來。這時，母親從外邊走了進來。母親對我的哭泣非常不滿，她認為一個人尤其是男人不應該隨便哭泣。她追問我為什麼哭，我含糊其詞，不敢對她說出我的擔憂。母親理解了我的意思，她對我說：「孩子，放心吧，閻王爺不叫，我是不會去的！」

母親的話雖然腔調不高，但使我陡然獲得了一種安全感和對未來的希望。多少年後，當我回憶起母親的這句話時，心中更是充滿了感動，這是一個母親對她的憂心忡忡的兒子做出的莊嚴承諾。活下去，無論多麼艱難也要活下去！儘管母親已經被閻王爺叫去了，但母親這句話裡所包含著的面對苦難掙扎著活下去的勇氣，將永遠伴隨著我，激勵著我。

我曾經從電視上看到過一個讓我終生難忘的畫面：以色列重炮轟擊貝魯特後，滾滾的硝煙尚未散去，一個面容憔悴、身上沾滿泥土的老太太便從屋子裡搬出一個小箱子，箱子裡盛著幾根黃瓜和幾根碧綠的芹菜。她站在路邊叫賣蔬菜。

當記者把攝像機對準她時，她高高地舉起拳頭，嗓音嘶啞但異常堅定地說：「我們世世代代生活在這塊土地上，即使吃這裡的沙土，我們也能活下去！」

老太太的話讓我感到驚心動魄，女人、母親、土地、生命，這些偉大的概念在我腦海中翻騰著，使我感到一種不可消滅的精神力量，這種即使吃著沙土也要活下去的信念，正是人類歷盡劫難而生生不息的根本保證。這種對生命的珍惜和尊重，也正是文學的靈魂。

在那些飢餓的歲月裡，我看到了許多因為飢餓而喪失了人格尊嚴的情景，譬如為了得到一塊豆餅，一群孩子圍著村裡的糧食保管員學狗叫。保管員說，誰學得最像，豆餅就賞賜給誰。我也是那些學狗叫的孩子中的一個。大家都學得很像。保管員便把那塊豆餅遠遠地擲了出去，孩子們蜂擁而上搶奪那塊豆餅。這情景被我父親看到眼裡。回家後，父親嚴厲地批評了我。爺爺也嚴厲地批評了我。爺爺對我說：「嘴巴就是一個過道，無論是山珍海味，還是草根樹皮，吃到肚子裡都是一樣的，何必為了一塊豆餅而學狗叫呢？人應該有骨氣！」他們的話，當時並不能說服我，因為我知道山珍海味和草根樹皮吃到肚子裡並不一樣！但我也感到他們的話裡有一種尊嚴，這是人的尊嚴，也是人的風度。人，不能像狗一樣活著。

我的母親教育我，人要忍受苦難，不屈不撓地活下去；我的父親和爺爺又教育我，人要有尊嚴地活著。他們的教育，儘管我當時並不能很好地理解，但也使我獲得了一種面臨重大事件時做出判斷的價值標準。

飢餓的歲月使我體驗和洞察了人性的複雜和單純，使我認識到了人性的最低標準，使我看透了人的本質的某些方面。許多年後，當我拿起筆來寫作的時候，這些體驗，就成了我的寶貴資源，我的小說裡之所以有那麼多嚴酷的現實描寫和對人性的黑暗毫不留情的剖析，是與過去的生活經驗密不可分的。當然，在揭示社會黑暗和剖析人性殘忍時，我也沒有忘記人性中高貴的有尊嚴的一面，因為我的父母、祖父母和許多像他們一樣的人，為我樹立了光輝的榜樣。這些普通人身上的寶貴品質，是一個民族能夠在苦難中不墮落的根本保障。

（二〇〇八年一月十四日）

22 我的父親

父親讀過幾年私塾，蒙師是我們鄰村的范二先生。

我聽祖母說過父親因調皮被范二先生用戒尺打腫手掌的事。祖母說父親將《三字經》改編成「人之初，性不善，菸袋鍋子炒雞蛋；先生吃，學生看，撐死這個老渾蛋」。

這讓我感到不可思議，我無法想像威嚴的父親竟然也是從一個頑皮少年演變過來的。

在我參軍離家前近二十年的記憶中，父親可敬不可親，甚至是有幾分可怕的。其實他輕易不打人罵人，也很少訓斥我，但我說不清楚為什麼要怕他。

記得我與夥伴們一起玩鬧時，喜歡惡作劇的人在我背後悄悄說：「你爹來了！」我頓時被嚇得四肢僵硬，腦子裡一片空白，好大一會兒才能緩過勁來。

不僅是我怕，我的哥哥姊姊也怕。不僅是我們怕，聽姑姑說，他們那一代人，我的那些堂姑、堂叔也都怕。我聽姑姑說她們年輕時，姊妹們在一起說笑，聽到我父親遠遠地咳嗽一聲，一個個立即屏氣息聲，等我父親走了才慢慢活潑起來。

曾不只一個人問過我為什麼那麼怕父親，我不知該如何回答。我也曾經與兩位兄長探討過這個問題，他們也說不出個所以然。

搜索我的童年記憶，父親也曾表現過舐犢之情。記得那是一個夏天的炎熱的中午，在家門口右側那棵槐樹下，父親用剃頭刀子給我剃頭。我滿頭滿臉都是肥皂泡沫，大概有幾分憨態可掬吧，我聽到父親充滿慈愛地說：「這個小牛犢！」

還有一次是我十三歲那年，家裡翻蓋房子，因為一時找不到大人，父親便讓我與他抬一塊大石頭。父親把槓子的大部分都讓給了我，石頭的重量幾乎都壓在他肩上。當我們搖搖晃晃地把石頭抬到目的地時，我看到父親用關切的目光上下打量著我，並讚賞地點了點頭。

近年來，父親有好幾次談起當年對我們兄弟管教太嚴，言下頗有幾分自責之意。我從來沒把父親的嚴厲當成負面的事。如果沒有父親的威嚴震懾，我能否取得今天這樣一點兒成績還不好說。

其實，父親的威嚴是建立在儒家文化的基礎上的，他在私塾裡所受到的教育確定了他的人生觀、價值觀。他輕錢財，重名譽，即便在讀書看似無用的年代裡，他也一直鼓勵子侄們讀書。

我小學輟學後，父親雖然沒說什麼，但我知道他很著急。他曾給我在湖南一家工廠的子弟學校任教的大哥寫信，商討有無讓我到他們學校讀書的可能。在上學無望後，父親就讓我自學中醫，並找了一些醫書讓我看，但終因我資質不夠又缺少毅力半途而廢。

學醫不成，父親心中肯定對我失望，但他一直在為我的前途著想。有一次，他竟然要我學拉胡琴，起因是他去縣裡開會期間看了一場文藝演出，有一個拉胡琴的人給他留下了深刻的印象。

叔叔年輕時學過胡琴，父親幫我把那把舊琴要來並要叔叔教我。雖然後來我也能拉出幾首流行的歌曲，但最終還是不了了之。

一九七三年八月二十日，我到縣棉花加工廠去當合同工。我之所以能得到這份美差，是因為叔叔在棉花加工廠當會計，這當然也是父親的推動。

我到棉花加工廠工作後，父親從沒問過我每天掙多少錢，更沒跟我要過錢。每月發了工資我交給母親，交多交少，母親也不過問。

現在想起來，我在棉花加工廠工作期間，家裡窮成那樣子，母親生了病都不買藥，炕蓆破了都捨不得換，我卻貪慕虛榮買新衣新鞋，花錢到理髮鋪裡理大分頭，與工友湊份子喝酒……揮霍錢財，真是罪過。

後來，我從棉花加工廠當了兵，當兵後又提了幹，成了作家，幾十年一轉眼過來，父親從來沒問過我掙多少錢，更沒跟我要過錢。

每次我給他錢，他都不要，即便勉強收下，他也一分不花，等到過年時，又分發給孫子孫女和我朋友的孩子們。

一九八二年暑假，我接到了部隊戰友的一封信，告訴我提幹命令已經下來的消息。我大哥高興地把信遞給扛著鋤頭剛從地裡回來的父親。父親看完了信，什麼也沒說，從水缸裡舀了半瓢水，咕嘟咕嘟喝下去，扛著鋤頭又下地幹活兒去了。農村青年在部隊提成軍官，這在當時是轟動全村的大事，父親表現得那樣冷靜，那樣克制。

我寫小說三十多年，父親從未就此事發表過他的看法，但我知道他是一直擔著心的。他不放過一切機會提醒我：一定要謙虛、謹慎，看問題一定要全面，對人要寬厚，要記別人的恩，不記別人的仇。

這些幾近嘮叨的提醒，對我的做人、寫作發揮了作用。

父親經歷過很多事，對近百年高密東北鄉的歷史變遷瞭如指掌，他自身的經歷也頗有傳奇色彩。但他從來不說，我也不敢直接去問他。只是在家裡來客，三杯酒後，藉著酒興，父親才會打開話匣子，談一些歷史人物、陳年舊事。

我知道這是父親有意識地講給我聽的，我努力地記著，客人走後就趕快找筆把這些寶貴的素材記下來。

二〇一二年十月我獲得諾貝爾文學獎後，父親以他質樸的言行贏得了許多尊敬。

所謂的「莫言舊居」*，父親是早就主張拆掉的，之所以未拆，是因為有孤寡老人借居。我獲獎後舊居成為熱點，市裡要出資維修，一些商人也想藉此做文章。父親說，維修不應由政府出錢。他拿出錢來，對房子進行了簡單維修。後來，父親又做出決定，讓我們將「舊居」捐獻給市政府。

當有人問起獲獎後我的身分是否會變化時，父親代我回答：「他獲不獲獎，都是農民的兒子。」當有人慷慨地向我捐贈別墅時，父親代我回答：「無功不受祿，不勞動者不得食。」

獲獎後，父親對我說的最深刻的兩句話是：「獲獎前，你可以跟別人平起平坐；獲獎後，你應該比別人矮半頭。」

父親不僅這樣要求我，他也這樣要求自己。兒子獲獎前，他與村裡人平起平坐；兒子獲獎後，他比村裡人矮半頭。當然，也許會有人就我父親這兩句話做出諸如「世故」甚至是「鄉愿」的解讀，怎麼解讀是別人的事，反正我是要把這兩句話當成後半生的座右銘了。真心實意地感到自己比別人矮半頭總比自覺高人一頭要好吧。

（二〇一五年八月二十日）

＊繁中版編注：位於中國山東省濰坊市高密市夏莊鎮大欄平安村，是作者出生、成長、生活了二十多年的地方。

23 陪女兒高考

那天晚上，帶著書、衣服、藥品、食物等諸多在這三天裡有可能用得著的東西，搭出租車去趕考。我們運氣很好。女兒的考場排在本校，而且提前在校內培訓中心訂了一個有空調的房間。既是熟悉的環境，又免除了來回奔波之苦。坐在出租車上，看到車牌照上的號碼尾數是五七五，心中暗喜，也許就能考五七五分，那樣上個重點大學就沒有問題了。車在路口等燈時，側目一看旁邊的車，車牌的尾數是二六八，心裡頓時沉重起來，如果考二六八分那就糟透了。趕快看後邊的車牌尾數，是六二九，心中大喜，但轉念一想，女兒極不喜歡理科而學了理科，二模只模了五四〇分，怎麼可能考六二九？能考五七五就是天大的喜事了。

車過了三環路，看到一些學生和家長背包提籃地向幾家為高考學生開了特價房間的大飯店擁去。雖說是特價，但每天還是要四百元，而我們租的房間只要一百二十元。在這樣的時刻，錢是小事，關鍵的是這些大飯店距考場還有一段搭車不值、步行又嫌遠的尷尬距離，而我們的房間距考場只有一百米！我心中滿是感動，為了這好運氣。

安頓好行李後，女兒馬上伏案複習語文，說是「臨陣磨槍不快也光」。我勸她看看電視或者到校園裡轉轉，她不肯。一直複習到深夜十一點，在我的反覆勸說下才熄燈上床。上了床也睡不著，一會兒說忘了《牆頭馬上》是誰的作品，一會兒又問高爾基到底是俄國作家還是蘇聯作家。我索性裝睡不搭她的話，心中暗暗盤算，要不要給她吃安定片。不給她吃怕折騰一夜不睡，給她吃又怕影響了腦子。終於聽到她打起了輕微的鼾，不敢開燈看錶，估計已是零點多了。

凌晨，窗外的楊樹上，成群的麻雀齊聲噪叫，然後便是喜鵲喳喳地大叫。我生怕鳥叫聲把她吵醒，但她已經醒了。看看錶才四點多鐘。這孩子平時特別貪睡，別說幾聲鳥叫，就是在她耳邊放鞭炮也驚不醒，常常是她媽搬著她的脖子把她搬起來，一鬆手，她隨即躺下又睡過去了，但現在幾聲鳥叫就把她驚醒了。拉開窗簾看到外邊天已大亮，麻雀不叫了，喜鵲還在叫。我心中歡喜，因為喜鵲叫是個好兆頭。女兒洗了一把臉又開始複習，我知道勸也沒用，乾脆就不說什麼了。離考試還有四個半小時，我很擔心到上考場時，她已經很疲倦了，心中十分著急。

早飯就在學校食堂裡吃，這個平時胃口很好的孩子此時一點兒胃口也沒有。飯後勸她在校園裡轉轉，剛轉了幾分鐘，她說還有許多問題沒有搞清楚，然後又匆匆上樓去複習。從七點開始她就一趟趟地跑衛生間。我想起了我的奶奶。當年鬧日本的時候，一聽說日本鬼子來了我奶奶就往廁所跑。

終於熬到了八點二十分，學校裡的大喇叭開始廣播考生須知。我送女兒去考場，看到從培訓中心到考場的路上拉起了一條紅線，家長只許送到線外。女兒過了線，去向她學校的帶隊老師報到。

八點三十分，考生開始入場。我遠遠地看到穿著紅裙子的女兒隨著成群的考生擁進大樓，終於消失了。距離正式開考還有一段時間，但方才還熙熙攘攘的校園內已經安靜了下來，楊樹上的蟬鳴變得格外刺耳。一位穿著黃褲子的家長仰臉望望，說：「北京啥時候有了這玩意兒？」另一位戴眼鏡的家長說：「應該讓學校把牠們趕走。」又有人說：「沒那麼懸乎，考起來他們什麼也聽不到的。」正說著蟬的事，看到一個手提著考試袋的小胖子大搖大擺地走了過來。人們幾乎是一起看錶，發現離開考還有不到十分鐘了。幾個帶隊的老師迎著那小胖子跑過來，好像是責怪他來得太晚了。但那小胖子抬腕看看錶，依然是不慌不忙地、大搖大擺地向考場走。家長們都被這個小子從容不迫的氣度所折服。有的說，這孩子，如果不是個最好的學生，就是一個最壞的學生。穿黃褲子的家長說，不管是好學生還是壞學生，他的心理素質絕對好，這樣的孩子長大了可以當指揮官。不管怎麼說，我的女兒已經平平安安地坐在考場裡，現在已經拿起筆來開始答題了吧。

考試正式開始了，蟬聲使校園裡顯得格外安靜。我們這些住在培訓中心的幸運家長，站在樹蔭裡，看到那些聚集在大門外強烈陽光裡的家長，心中又是一番感慨。因為我們事先知道了培訓中心對外營業的消息，因為我們花了每天一百二十元錢，我們就可以站在樹蔭裡看著那些站在烈日下的與我們身分一樣的人。可見世界上的事情，絕對的公平是不存在的，譬如這高考，本身也存在著很多不公平，但它已經是當下最公平的人才選拔方式了。

有的家長回房間裡去了，但大多數的家長還站在那裡說話。話題飄忽不定，一會兒說天氣，說北京成了非洲了，成了印度了，一會兒又說當年的高考是如何地隨便，不像現在的如臨大敵。

將近十一點半時，家長們都把著紅線眼巴巴地望著考試大樓。大喇叭響起來說時間到了，請考生立即停止書寫，把卷子整理好放在桌子上。女兒的年級主任跑過來興奮地對我說：「莫先生，有一道十八分的題與我們海淀區二模卷子上的題幾乎一樣！」家長們也隨著興奮起來。

學生們從大樓裡擁出來。我發現了女兒，遠遠地看到她走得很昂揚，心中感到有了一點兒底。看清了她臉上的笑意，心中更加欣慰。迎住她，聽她說：「感覺好極了，一進考場就感到心中十分寧靜，作文寫得很好，題目是〈天上一輪綠月亮〉。」

下午考化學，散場時大多數孩子都是喜笑顏開，都說今年的化學題出得比較容易，女兒自覺考得也不錯。第一天大獲全勝，趕快打電話往家報告喜訊。晚飯後女兒開始複習數學，直至十一點。臨睡前她突然說：「爸爸，下午的化學考卷上，有一道題，說『原未溶解……』我審題時，以為卷子印錯，在『原未』的『未』字上用鉛筆寫了一個『來』字，忘記擦去了。」我說這有什麼關係？她突然緊張起來，說監考老師說，不許在卷子上做任何記號，做了記號的就當作弊卷處理，得零分。她聽不進我的勸，心情愈來愈壞，說：「我完了，化學要得零分了。」我說：「我說了你不信，你可以打電話問問你的老師，聽聽她怎麼說。」她給老師打通了電話，一邊訴說一邊哭。老師也說沒有事。但她還是不放心。

凌晨一點鐘，女兒心事重重地睡著了。我躺在床上暗暗地禱告諸神保佑，讓孩子一覺睡到八點，但願她把化學的事忘記，全身心投入到明天的考試中去。明天上午考數學，下午物理，這都是她的弱項。

（二〇〇〇年八月）

24 我的室友余華

一九八七年，有一位古怪而殘酷的青年小說家以他的幾部血腥的作品，震動了文壇。此人姓余名華，浙江海鹽人。後來，我有幸與他同居一室，進行著同學的歲月，逐漸對這個「詭異的靈魂」有所了解。坦率地說，這是個令人「不愉快」的傢伙。他不會順人情說好話，尤其不會崇拜「名流」。據說他曾當過五年牙醫，我不敢想像病人在這個狂生的鐵鉗下將遭受什麼樣的酷刑。當然，余華有他的另一面，這一面與大家差不多。這一面在文學的目光下顯得通俗而平庸。我欣賞的是那些獨步雄雞式的、令人「不愉快」的東西。「正常」的人一般都在浴室裡引吭高歌，余華則在大庭廣眾面前「狂叫」，他基本不理會別人會有的反應，而比較自由地表現他狂歡的本性。狂歡是童心的最露骨的表現，是浪漫精神最充分的體驗。這傢伙在某種意義上是個頑童，在某種意義上又是個成熟得可怕的老人。對人的了解促使我重新考慮他的小說，試圖說一點兒關於藝術的話，儘管這顯得多餘。任何一位有異秉的人，都是一個深不可測的陷阱，都是一本難唸的經文，都是一顆難剃的頭顱。對余華的分析，注定了也是一樁出力不討好的營生。這裡用得上孔夫子精神：知其不可為而為之。

我首先要做的工作是縮小範圍，把這個複雜的性格拋到一邊，簡單地從思想和文學的能力方面給他定性。首先，這是一個具有很強的理性思維能力的人。他清晰的思想脈絡，借助於有條不紊的邏輯轉換詞，曲折但是並不隱晦地表達出來。其次，這個人具有在小說中施放煙幕彈，並且具有超卓的在煙霧中捕捉亦鬼亦人的幻影的才能。上述兩方面的結合，正如矛盾的統一，構成了他的一批條理清楚的——仿夢小說。於是余華便成了中國當代文壇上的第一個清醒的說夢者。

這種型別的小說，我認為並非從余華始，如卡夫卡的作品，可以說篇篇都有夢中境界。余華曾坦率地述說過卡夫卡對他的啟示。在他之前，馬奎斯在巴黎的閣樓上讀《變形記》後，也曾如夢初醒地罵道：「媽的！小說原來可以這樣寫。」

這是一種對於小說的頓悟，而那當頭的棒喝，完全來自卡夫卡小說中那種對生活或者是世界的獨特的看法。卡夫卡如同波赫士一樣，是一位為作家寫作的作家。他的意義在於他的小說中那種超越生活的、神諭般的力量。每隔些年頭，就會有一個具有慧根的天才，從他的著作中讀出一些法門來，從而羽化成仙。余華就是一個這樣的幸運兒郎。

毫無疑問，這個令人「不愉快」的傢伙是個「殘酷的天才」。也許是牙醫的生涯培養和發展了他的天性，促使他像拔牙一樣把客觀事物中包含的確定性的意義全部拔除了。據說他當牙醫時就是這樣：全部拔光，不管好牙還是壞牙。這是一個徹底的牙醫，改行後，變成了一個徹底的小說家。在他營造的文學口腔裡，剩下的只有血肉模糊的牙床，向人們昭示著牙齒們曾經存在過的幻影。如果讓他畫一棵樹，他大概只會畫出樹的影子。

是什麼樣的緣由，使余華成了這樣的小說家？

現在，我翻開他的第一本小說《十八歲出門遠行》。他寫道：「柏油馬路起伏不止，馬路像是貼在海浪上。我走在這條山區公路上，我像一條船。」

小說一開篇，就如同一個夢的開始。這個夢有一個中心，就是焦慮，就是企盼，因企盼而焦慮，因焦慮而企盼，就像夢中的孩童因尿迫而尋找廁所一樣。但我願意把主人公尋找旅店的焦慮看成是尋找新的精神家園的焦慮。黃昏的來臨加重了這焦慮，於是夢的成分愈來愈強：「公路高低起伏，那高處總在誘惑我，誘惑我沒命地奔上去看旅店，可每次都只看到另一個高處，中間是一個叫人沮喪的弧度。」

這裡描寫的感覺是一種無法擺脫的強迫症，也是對希臘神話中，推巨石上高山的薛西弗斯故事的一種改造。人生總是陷在這種荒謬的永無止境的追求之中，一直到最後的一刻才會罷休，聖賢豪傑，無一例外。這是真正的夢魘。

「儘管這樣，我還是一次一次地往高處奔，次次都是沒命地奔。眼下我又往高處奔去。這一次我看到了，看到的不是旅店而是汽車。」汽車突兀地出現在「我」的視野之內，而且是毫無道理地朝我開來，沒有任何的前因後果。正符合夢的特徵。

隨即「我」就搭上了車，隨即汽車就拋了錨。這也許是司機的詭計，也許是真的拋錨。後來，一群老鄉擁上來把車上的蘋果哄搶了。「我」為保護蘋果結果竟然被司機打了個滿臉開花。司機的臉上始終掛著笑容，並且搶走了「我」的書包和書。然後司機拋棄車輛，揚長而去。

這部小說的精采之處，在於司機與那些搶蘋果老鄉的關係所布下的巨大謎團。這也是余華在這篇小說裡釋放的第一顆煙幕彈。事件是反邏輯的，但又準確無誤。為什麼？鬼知道。當你舉著一大堆答案去向他徵詢時，他會說：「我不知道。」他說的是真話。是的，他也不知道，夢是沒有確定的意義的。夢僅僅是一系列由事件構成的過程，它只是做為夢存在著。

《十八歲出門遠行》是當代小說中一個精巧的樣板，它真正的高明即在於它用多種可能性瓦解了故事本身的意義。而讓人感受到一種由悖謬的邏輯關係與清晰準確的動作構成的統一，所產生的夢一樣的美麗。

應該進一步說明的是：故事的意義崩潰之後，一種關於人生、關於世界的嶄新的把握方式產生了。這就是他在他的小說的宣言書〈虛偽的作品〉中所闡述的：「人類自身的膚淺來自經驗的局限和對精神本質的疏遠，只有脫離常識，背棄現狀世界提供的秩序和邏輯，才能自由地接近真實。」

其實，當代小說的突破早已不是形式上的突破，而是哲學上的突破。余華能用清醒的思辨來設計自己的方向，這是令我欽佩的，自然也是望塵莫及的。

（一九八九年十二月）

25 憶史鐵生

我第一次見史鐵生是一九八五年春天，在王府井大街北口的華僑大廈，我的中篇小說《透明的紅蘿蔔》的研討會上。那時候我們都還年輕。那時候為一部無名氣的年輕作者的中篇小說召開一次高級別的研討會還是一件很轟動的事情。我之所以說會議級別高，不僅因為會議是中國作協領導馮牧先生召集並主持的，還在於參會的人幾乎囊括了在京的所有著名的文藝批評家，以及幾位著名的作家。我記得馮牧先生做會議總結時還特意說：「今天這個會規格很高，連汪曾祺汪老與史鐵生同志都來了。」汪曾祺先生出身西南聯大，是沈從文先生的高足，當時正因為《受戒》、《大淖記事》那一批美學風格鮮明的小說備受關注，馮先生稱他為「汪老」，也就是正常的了。但馮牧先生把史鐵生的參會當做會議規格很高的一個證明，的確有點兒出乎我的意料。

鐵生是一九五一年出生的，當時三十四歲，他的《我的遙遠的清平灣》剛獲得全國優秀短篇小說獎。他糟糕的身體狀況和他的睿智深刻使我對他的尊重之外還有幾分敬畏。在他面前，我很拘謹，生怕說出浮淺的話惹他嗤笑，生怕說出唐突的話讓他不高興，但相處久了，發現我這些擔心都是多餘的。一般情況下，當著身體有殘疾的人的面說此類話題是不妥當的，但口無遮攔的余華經常當著史鐵生的面說出此類話題，而史鐵生只是傻呵呵地笑著，全無絲毫的不悅。

我記得在關於《透明的紅蘿蔔》的討論會上，史鐵生發言時情緒很激動，他似乎對一些脫離文學本質的所謂的文學批評很反感，說了一些比較尖銳的話，讓在座的一些批評家有點兒坐不安寧的樣子。他在發言結束時才補充了一句：「對了，這個《透明的紅蘿蔔》是篇好小說。」儘管他沒解釋為什麼說《透明的紅蘿蔔》是篇好小說，但我還是很高興，似乎知道他要說什麼，這甚至有點兒心有靈犀的意思。

之後的歲月裡，我們見面的機會不少，但要說的事卻不多。如果要籠統地說一下，那就是，他總是那麼樂觀，總是那麼理性。他說話的時候少，聽話的時候多，但只要他一開口，總是能吐出金句。他處在人生的最低處，但他的精神總能如雄鷹翱翔在雲端之上。

大概是一九九〇年秋天，我與余華等人在魯迅文學院學習時，遼寧文學院的朋友請我們去他們那兒給學員講課，講課是個藉口，主要目的是大家湊在一起玩。余華提議把史鐵生叫上，我們擔心他的身體，怕他拒絕，沒想到他竟愉快地答應了。那時候從北京到瀋陽直快列車要跑一夜，我們幾個把史鐵生連同他的輪椅一起抬到列車上。鐵生戲說他是中國作家中被抬舉最多的一個。

到了瀋陽，我們就住在文學院簡陋的宿舍裡，下棋、打撲克、侃大山。大家都集合在鐵生的房間裡，一起抽菸，熏得屋子裡像燒窯一樣。抽菸多了，口淡，想吃水果卻沒有。於是，余華帶著我，或者我帶著余華，去學校的菜地裡摘黃瓜。他們的菜園子侍弄得不錯，黃瓜長得很好。我們摘回了十幾條黃瓜，大家一頓狂吃，都誇好，甚至有人說從來沒吃過這麼好吃的黃瓜。

有一天，學員們要與我們北京來的幾位作家踢足球，沒有足球場地，就在籃球場上，籃球架下的框子就是球門。余華把史鐵生推到框子下，讓他當守門員，然後對遼寧文學院那幫猛男說：「史鐵生是一位偉大的身有殘疾的作家，你們看著辦吧。」那幫猛男都怕傷了史鐵生，先是只防守不進攻，後來急了眼，對著自家的球門踢起來，於是，兩支球隊合攻一個球門的奇觀就出現了，撇下了史鐵生坐在輪椅上抽菸，傻笑。

（二〇二四年九月二十日）

26 我眼中的阿城

阿城的確說過我很多好話，在他的文章裡，在他與人的交談中。但這並不是我要寫文章說他好的主要原因。阿城是個想得明白也活得明白的人，好話與壞話對他都不會起什麼反應，尤其是我這種糊塗人的讚美。

十幾年前，阿城的《棋王》橫空出世時，我正在解放軍藝術學院文學系裡念書，聽了一些名士大家的課，腦袋裡狂妄的想法很多，雖然還沒寫出什麼文章，但能夠看上的文章已經不多了。這大概也是所有文學系或是中文系學生的通病，第一年犯得特別厲害，第二年就輕了點兒，等到畢業幾年後，就基本上全好了。

但阿城的《棋王》確實把我徹底征服了。那時他在我的心目中毫無疑問是個巨大的偶像，想像中他應該穿著長袍馬褂，手裡提著一柄麈尾，披散著頭髮，用硃砂點了唇和額，一身的仙風道骨，微微透出幾分妖氣。當時文學系的學生很想請他來講課，系裡的幹事說請了，但請不動。我心中暗想：高人如果一請就來，還算什麼高人？

很快我就有機會見到了阿城，那是在一個刊物召開的關於小說創作的會議期間，在幾個朋友的引領下，去了他的家。他家住在一個大雜院裡，房子破爛不堪，室內也是雜亂無章，這與我心裡想的很貼。人多，七嘴八舌，阿城坐著抽菸，好像也沒說幾句話。他的樣子讓我很失望，因為他身上沒有一絲仙風，也沒有一絲道骨，妖氣呢，也沒有。知道的說他是個作家，不知道的說他是個什麼也成。但我還是用「真人不露相，露相不真人」來安慰自己。

後來我與他一起去大連金縣開一個筆會，在一起待了一週，其間好像也沒說幾句話。參加會議的還有一對著名的老夫妻，女的是英國人，男的是中國人，兩個人都喜歡喝酒，是真喜歡，不是假喜歡。這兩口子基本上不喝水，什麼時候進了他們的房間什麼時候都看到他們在喝酒，不用小酒盅，用大碗，每人一個大碗，雙手捧著，基本上不放下，喝一口，抬起頭，笑一笑，哈哈哈，嘿嘿嘿。哈哈是女的，嘿嘿嘿是男的。下酒的東西那是一點兒也沒有，有了也不吃。

就在這兩個老劉伶的房間裡，我們說故事，我講了一些高密東北鄉的鬼故事，阿城講了一些天南海北、古今中外的人物故事，男老劉伶講了幾個黃色的故事。說是黃故事其實也不太黃，頂多算米黃色。女老劉伶不說話，瞇著眼，半夢半醒的樣子，嘴角掛著一絲微笑。在講完了舊故事又想不出一個新故事的空檔裡，我們就看房間裡蒼蠅翻著觔斗飛行。

我們住的是一些海邊的小別墅，蒼蠅特多。蒼蠅在老酒仙的房間裡飛行得甚是古怪，一邊飛一邊發出尖厲的嘯聲，好像打著螺旋往下墜落的戰鬥機。起初我們還以為發現了一個蒼蠅新種，後來才明白牠們是被酒氣熏的。阿城的兒子不聽故事也不看蒼蠅，在地毯上打滾兒、豎蜻蜓*。

在這次筆會上，我發現了阿城的一個特點，那就是吃起飯來不抬頭也不說話，眼睛只盯著桌子上的菜盤子，吃的速度極快，連兒子都不顧，只顧自己吃。

我們還沒吃個半飽，他已經吃完了。他這種吃相在城裡算不上文明，甚至會被人笑話，我轉彎抹角地說起過他的吃相，他坦然一笑說自己知道，但一上飯桌就忘了，這是當知青時養成的習慣，說是毛病也不是不可以。其實我也是個特別貪吃的人，見了好吃的就奮不顧身，為此遭到很多非議，家中的老人也多次批評過我。見到阿城也這樣，我就感到自己與他的距離拉近了許多，心中也坦然了許多：阿城尚如此，何況我乎？

阿城寫完他的「三王」和《遍地風流》之後就到美國去了，雖遠隔大洋，但關於他的傳聞還是不絕於耳，最讓人吃驚的是說他在美國用舊零件裝配汽車，製作出各種藝術樣式，賣給喜歡獵奇的美國人，賺了不少錢。後來他回北京時我去看他，問起他製造藝術汽車的事，他淡淡一笑，說哪會有這樣的事？

近年來阿城出了兩本小書，一本叫做《閑話閑說》，一本叫做《威尼斯日記》。阿城送過我台灣版的，楊葵送過我作家版的。兩個版本的我都認真地閱讀

＊ 繁中版編注：即倒立之意。

了，感覺好極了，當然並不是因為他在書中提到了我（而且我也不記得講過這樣一個故事）。實話實說我覺得阿城這十幾年來並沒有進步，當然也沒有退步。一個人要想不斷進步不容易，但要想十幾年不退步就更不容易。阿城的小說一開始就站在了當時高的位置上，達到了一種世事洞明、人情練達的境界，而十幾年後他寫的隨筆保持著同等的境界。

讀阿城的隨筆就如同坐在一個高高的山頭上看山下的風景。城鎮上空繚繞著淡淡的炊煙，街道上的紅男綠女都變得很小，狗叫馬嘶聲也變得模模糊糊，你會暫時地忘掉人世間的紛亂爭鬥，即便想起來也會感到很淡漠。阿城的隨筆能夠讓人清醒，能夠讓人超脫，能夠讓人心平氣和地生活著，並且感受到世俗生活的樂趣。

阿城閑話閑說

到了魏晉的志怪志人，以至唐的傳奇，沒有太史公不著痕跡的布局功力，卻有筆記的隨記隨奇，一派天真。

後來的《聊齋志異》，雖然也寫狐怪，卻沒有了天真，但故事的蒐集方法，蒲松齡則是請教世俗。

莫言也是山東人，說和寫鬼怪，當代中國一絕，在他的家鄉高密，鬼怪就是當地的世俗構成。像我這類四九年後城裡長大的，哪裡就寫過他了？我聽莫言講鬼怪，格調情懷是唐以前的，語言卻是現在的，心裡喜歡，明白他是大才。

八六年夏天我和莫言在遼寧大連，他講過有一次他回家鄉山東高密，晚上進到村子，村前有個蘆葦蕩，於是捲起褲腿涉水過去。不料人一攪動，水中立起無數的小紅孩兒，連說吵死了吵死了，莫言只好退回岸上，水裡復歸平靜。但這水總是要過的，否則如何回家？家就近在眼前，於是再到水裡，小紅孩兒則又從水中立起，連說吵死了吵死了。反覆了幾次之後，莫言只好在岸上蹲了一夜，天亮才涉水回家。

這是我自小以來聽到的最好的一個鬼故事，因此高興了好久，好像將童年的恐怖洗盡，重為天真。

引用了阿城的話，有拉大旗做虎皮之嫌。當年阿城說我是大才，我心中沾沾自喜，彷彿真的就成了大才。但事過多年後，我才發現這過度的表揚是害人不淺的糖衣炮彈。他讓我迷糊了將近十年。直到現在才明白，我根本就不是什麼大才，連中才也算不上。如果我這樣的就算大才，那我們村子裡的那些老頭老太太都是超大才了。充其量我也只是個用筆桿子耍貧嘴的，用我們村子裡的價值標準來衡量，屬於下三濫的貨色。

我們村子裡的人經常奚落那些自以為有本事的人，說你有本事為什麼不到國務院裡去？為什麼不到聯合國裡去？最不濟你也應該到省裡去啊，何必再在這裡丘著？聽了鄉親們的話，我有猶如被當頭棒喝般的覺悟，是啊，如果真是大才，何必還來費時把力地寫什麼小說？小說，小說，小人之語也，那些把小說說成高尚、偉大之類的人，無非是藉抬高職業來抬高自己的身分。

我想起多年前在縣醫院門口那個賣茶葉蛋的老太太那副驕傲的嘴臉，我想起一個給豬配種的人斬釘截鐵的話語：「沒有我，你們就沒有肉吃。」其實，賣茶葉蛋的老太太可以驕傲，給豬配種的人也可以驕傲，因為他們畢竟是有用的人，唯獨寫小說的不值得驕傲。寫小說的如果臉皮夠厚，在外邊驕傲還可以，如果回到故鄉還驕傲，那就等著挨你爹的耳刮子，等著讓你的鄉親們嗤之以鼻吧。「騙子最怕老鄉親」，這句話就是針對著寫小說的說的。美國當年有「天才」之譽的小說家湯瑪斯．沃爾夫，生前不敢回故鄉，英國小說家勞倫斯也被他的鄉親宣布為不受歡迎的人。他們都是在外邊吹牛太過，不知天高地厚，傷了鄉親們的感情。至於他們死後多年，故鄉用寬廣胸懷重新接受了他們，那就是另外一回事了。

不久前我被邀請擔任台北市駐市作家，與阿城同住一樓，其間多次相聚，感到阿城更神了。無論到了哪裡，即便他坐在那裡叼著菸袋鍋子一聲不吭，你也能感到，他是個中心。大家都在期待著他的妙語和高論。無論什麼稀奇古怪的問題，只要問他，必有一解，且引經據典，言之鑿鑿，真實得讓人感到不真實。不知道他那顆圓溜溜的腦袋瓜子裡，是如何裝進了這許多的知識。

在阿城面前不能驕傲，猶如在我的鄉親們面前不能驕傲一樣。這個人，愈來愈像一個道長了。

（二〇〇二年十二月）

27 懷念孫犁先生

孫犁先生創辦的《天津日報・文藝周刊》即將出刊三千期，真是可敬可賀！做為報紙副刊，能夠持續出滿三千期，在中國的報刊史上，都是可圈可點的事吧！這與孫犁先生一生秉持的嚴謹、認真的作風密不可分，也與該報貼近生活、注重文學性的辦報風格有關。

我與孫犁先生素無交往，但在童年時，曾在家兄的中學語文課本上反覆閱讀過他的《荷花淀》與《蘆花蕩》，受益良多。後來又從小學老師那裡借閱了他的《鐵木前傳》與《風雲初記》，進一步加深了對這位大作家的印象。

一九七九年，我調到保定易縣的部隊工作，業餘時間學習文學創作，與保定文壇建立了密切聯繫，詳細了解並親身感受到了孫犁先生開創的荷花淀派以及他本人在保定文壇巨大的影響。我幾乎從保定文壇的每一位老師那裡都聽說過孫犁先生的故事，對這位文學前輩的敬仰與日俱增，也暗下決心要以他為楷模，努力地向荷花淀派靠近，爭取能成為其中的一名成員。為此，我還跟《蓮池》編輯部的毛兆晃老師去白洋淀體驗過生活。在我早期的小說裡，據說也能看出「荷花淀」的影響。當然，我也有著能見到孫犁先生並親聆教誨的夢想，編輯部的老師也鼓勵我將自己的小說寄給先生求教，但我終因膽怯而未敢貿然打擾。

一九八四年初春，我在《蓮池》編輯部改稿，翻閱辦公室報夾上的《天津日報》時，猛然發現孫犁先生發表在《文藝周刊》上的〈讀小說札記〉，首段就寫道：「去年的一期《蓮池》，登了莫言的一篇小說，題為〈民間音樂〉。我讀過後，覺得寫得不錯……小說的寫法，有些歐化，基本上還是現實主義的。主題有些藝術至上的味道，小說的氣氛，還是不同一般的，小瞎子的形象，有些飄飄欲仙的空靈之感。」

我現在還清楚記得這些文字，但依然無法描述當時激動的心情。

孫犁先生的這段評價，對我後來報考解放軍藝術學院文學系發揮了積極的作用。拍板決定錄取我的徐懷中先生是河北人，他非常喜歡孫犁先生的小說，對孫犁先生的人格也有著極高的評價。我覺得徐懷中先生的小說裡也有荷花淀派的美學風格。

入學後，給我們講文藝理論課的冉淮舟老師是孫犁研究專家。他一口濃郁的保定口音讓我倍感親切，我在保定文壇的那些老師，都是他的朋友。

去年五月初，我重返白洋淀，參觀了坐落在嘎子村裡的「孫犁致徐光耀手書陳列室」，見到了很多朋友的照片與孫犁先生的墨跡，回憶起很多往昔的生活畫面。當然，感受最深的，依然是孫犁先生在保定這片文學沃土上持續不斷的影響。

（二〇二四年九月六日）

第五章

一個作家讀另一個作家的書，
實際上是一次對話，甚至是一次戀愛。

28 閱讀的意義是什麼

早上翻了一下《北京青年報》，有整整一版關於閱讀的照片。其中有一個雲南某地少數民族的老太太在她的庭院裡閱讀，老太太坐在矮凳上，旁邊有兩隻雞在啄食；還有一群戴紅領巾的孩子在台階上閱讀，很像是三聯書店裡的情景；還有一個年輕人躺在路邊的長椅上閱讀；還有一個人坐在沙發上閱讀。這僅僅是日常閱讀生活中的幾個場景。在我們的生活中，實際上存在著各種各樣的閱讀方式。

《三字經》也曾經給我們列舉了很多古人閱讀的榜樣：有的人把鄰居家的牆壁鑿一個洞，偷光閱讀；有的人趴在雪地上藉著雪的光閱讀；有的人騎在牛背上，把書掛在牛角上閱讀；有的人捉了很多螢火蟲用布包起來，藉螢火蟲的光閱讀。但後來證明很多方式都是不可行的，有人捉了數百個螢火蟲包起來，發現這集中起來的光不足以照亮書上的字。我趴在雪上看過書，書上一片模糊。而把書掛在牛角上閱讀更是不可行，那還不如騎在牛背上捧著書閱讀。只有把鄰居的牆壁鑿開一個洞借光閱讀比較可行。《三字經》上這樣說，是告訴我們不要怕艱難，只要有可能就要盡量讀書，然後通過讀書改變命運。

當今的閱讀，其實也不僅僅是指捧著一本書讀。我們上網瀏覽是閱讀，去觀察社會、欣賞自然風光也是一種閱讀。閱讀跟我們人類的生活息息相關，寫作的人更離不開閱讀。

中央電視台和新聞出版總署共同主辦的一個節目叫「書香中國」，我與一位東北作家和一位江南作家被邀請參加了這個節目。主持人在向觀眾介紹我們的時候說：「請三位讀者上場。」我被人家稱為作者稱習慣了，一時還反應不過來。我上去之後我才意識到說我們是讀者很準確，因為我們的寫作是從閱讀開始的。我們在閱讀別人的書籍的過程中萌發了寫作的興趣，然後才開始了寫作；我們在閱讀別人的書籍的過程中得到了知識，提高了寫作技巧。節目要求我們每個人舉出一段自己印象最深刻的文字，然後當眾閱讀。我選的是《儒林外史》第一章裡描寫畫家王冕給人家放牛學畫畫的一段文字，一場暴雨過後池塘裡的荷花和天上的雲霞的描寫。我為什麼選這一段呢？因為這段對大自然的描寫，有非常強烈的畫面感，給我留下了很深的印象，而且和童年閱讀有關。騎在牛背上閱讀確實是很美的回憶，我們這種農村孩子大多有這種體驗。東北作家選擇的是她故鄉的一個女作家——蕭紅的《呼蘭河傳》裡面一段關於天上的雲彩描寫，這在過去的小學課本裡叫〈火燒雲〉。江南作家選的是海明威的中篇小說《吉力馬札羅山的雪》＊裡面的一段，在海拔數千米的雪山之顛上有一隻凍僵了的豹子的屍體。這肯定是一個象徵。豹子為什麼要爬到這麼高的雪山上去，牠去上面找什麼？那上面並沒有食物。所以我想那豹子實際上是在行走，豹子實際上是要到一個高的精神境界尋找一種精神追求。這吉力馬札羅山上被凍死的豹子，也是我們人類追求更高境界的一個象徵。

關於閱讀的話題，是說不盡的。「讀萬卷書，行萬里路」是一句老話。用現代化的方式行走，十萬里都不算困難，去一趟南極就是幾萬里，但是讀一萬卷書確實是非常不容易。就算一天讀一本書，一年讀三百六十五本，讀一萬卷書差不多要三十年，而我們從有閱讀能力到失去閱讀能力的時間，也就五十年左右。誰能一天讀一本書呢？誰能每天都讀書呢？但是閱讀確實是我們人類一項重要的活動。我們的社會能夠進步，人類能夠發展，生活能更美好，離開了這項行為是不可能的。在我們的財力、物力和時間允許的前提下，睜開我們的雙眼多讀一點兒。等將來我們看不動了的時候，躺在床上回憶我們看過的書，也是一種幸福。

（二〇一一年四月二十三日）

＊ 繁中版編注：*The Snows of Kilimanjaro*，台灣慣譯為《雪山盟》。

29 童年讀書

我童年時的確迷戀讀書。那時候既沒什麼電影更沒有電視，連收音機都沒有。只有在每年的春節前後，村子裡的人演一些「血海深仇」、「三世仇」之類的憶苦戲。在那樣的文化環境下，看「閒書」便成為我的最大樂趣。我體能不佳，膽子又小，不願跟村裡的孩子去玩上樹下井的遊戲，偷空就看「閒書」。父親反對我看「閒書」，大概是怕我中了書裡的流毒，變成個壞人；更怕我因看「閒書」耽誤了割草放羊。我看「閒書」就只能像地下黨搞祕密活動一樣。後來，我的班主任家訪時對我的父母說其實可以讓我適當地看一些「閒書」，形勢才略有好轉。但我看「閒書」的樣子總是不如我背誦課文，或是背著草筐、牽著牛羊的樣子讓我父母看著順眼。人真是怪，愈是不讓他看的東西、愈是不讓他幹的事情，他看起來、幹起來愈有癮，所謂偷來的果子吃著香就是這道理吧。我偷看的第一本「閒書」，是繪有許多精美插圖的神魔小說《封神演義》，那是鄰村一個石匠家的傳家寶，輕易不借給別人。我為他家拉了一上午磨才換來看這本書一下午的權利，而且必須在他家磨道裡看並由他女兒監督著，彷彿我把書拿出門就會去盜版一樣。這本用汗水換來短暫閱讀權的書留給我的印象十分深刻，那騎在老虎背上的申公豹、鼻孔裡能射出白光的鄭倫、能在地下行走的土行孫、眼裡長手手裡又長眼的楊任，等等等等，一輩子也忘不掉啊。所以前幾年在電視上看了連續劇「封神榜」，替古人不平，如此名著，竟被糟蹋得不成模樣。其實這種作品，是不能弄成影視的，非要弄，我想只能弄成動畫片，像「大鬧天宮」、「米老鼠和唐老鴨」那樣。

後來又用各種方式，把周圍幾個村子裡流傳的幾部經典，如《三國演義》、《水滸傳》、《儒林外史》之類，全弄到手看了。那時我的記憶力真好，用飛一樣的速度閱讀一遍，書中的人名就能記全，主要情節便能複述，描寫愛情的警句甚至能成段地背誦。現在完全不行了。後來又把「文革」前那十幾部著名小說讀遍了。記得從一個老師手裡借到《青春之歌》時已是下午，明明知道如果不去割草羊就要餓肚子，但還是擋不住書的誘惑，一頭鑽到草垛後，一下午就把大厚本的《青春之歌》讀完了。身上被螞蟻、蚊蟲咬出了一片片的疙瘩。從草垛後暈頭脹腦地鑽出來，已是紅日西沉。我聽到羊在圈裡狂叫，餓的。我心裡忐忑不安，等待著一頓痛罵或是痛打。但母親看看我那副樣子，寬容地嘆息一聲，沒罵我也沒打我，只是讓我趕快出去弄點兒草餵羊。我飛快地竄出家院，心情好得要命，那時我真感到了幸福。

我的二哥也是個書迷，他比我大五歲，借書的路子比我要廣得多，常能借到我借不到的書。但這傢伙不允許我看他借來的書。他看書時，我就像被磁鐵吸引的鐵屑一樣，悄悄地溜到他的身後，先是遠遠地看，脖子伸得長長的，像一隻喝水的鵝，看著看著就不由自主地靠了前。他知道我溜到了他的身後，就故意地將書頁翻得飛快，我一目十行地閱讀才能勉強跟上趟。他很快就會煩，合上書，一掌把我推到一邊去。但只要他打開書頁，很快我就會湊上去。他怕我趁他不在時偷看，總是把書藏到一些稀奇古怪的地方，就像革命樣板戲「紅燈記」裡的地下黨員李玉和藏密電碼一樣。但我比日本憲兵隊長鳩山高明得多，我總是能把我二哥費盡心機藏起來的書找到；找到後自然又是不顧一切，恨不得把書一口吞到肚子裡去。有一次他借到一本《破曉記》，藏到豬圈的棚子裡。我去找書時，頭碰了馬蜂窩，嗡的一聲響，幾十隻馬蜂螫到臉上，奇痛難忍。但顧不上痛，抓緊時間閱讀，讀著讀著眼睛就睜不開了。頭腫得像柳斗*，眼睛腫成了一條縫。我二哥一回來，看到我的模樣，好像嚇了一跳，但他還是先把書從我手裡奪出來，拿到不知什麼地方藏了，才回來管教我。他一巴掌差點兒把我搧到豬圈裡，然後說：「活該！」我惱恨與疼痛交加，嗚嗚地哭起來。他想了一會兒，可能是怕母親回來罵，便說：「只要你說是自己上廁所時不小心碰了馬蜂窩，我就讓你把《破曉記》讀完。」我非常愉快地同意了。但到了第二天，我腦袋消了腫，去跟

* 繁中版編注：以柳條編成，盛裝穀物用的收納工具。

他要書時，他馬上就不認帳了。我發誓今後借了書也絕不給他看，但只要我借回了他沒讀過的書，他就使用暴力搶去先看。有一次我從同學那裡好不容易借到一本《三家巷》，回家後一頭鑽到堆滿麥秸草的牛棚裡，正看得入迷，他悄悄地摸進來，一把將書搶走，說：「這書有毒，我先看看，幫你批判批判！」他把我的《三家巷》揣進懷裡跑走了。我好惱怒！但追又追不上他，追上了也打不過他，只能在牛棚裡跳著腳罵他。幾天後，他將《三家巷》扔給我，說：「趕快還了去，這書流氓極了！」我當然不會聽他的。

我懷著甜蜜的憂傷讀《三家巷》，為書裡那些小兒女的純真愛情而痴迷陶醉。舊廣州的水汽、市聲撲面而來，在耳際、鼻畔繚繞。一個個人物活靈活現，彷彿就在眼前。當我讀到區桃在沙面遊行被流彈打死時，趴在麥秸草上低聲抽泣起來。我心中那個難過，那種悲痛，難以用語言形容。那時我大概九歲吧？六歲上學，念到三年級的時候。看完《三家巷》，好長一段時間裡，我心裡悵然若失，無心聽課，眼前老是晃動著美麗少女區桃的影子，手不由己地在語文課本的空白處，寫滿了區桃。班裡的幹部發現了，當眾羞辱我，罵我是流氓，並且向班主任老師告發，老師只是笑了笑，一句話也沒說。幾十年後，我第一次到廣州，串遍大街小巷想找區桃，可到頭來連個胡杏都沒碰到。我問廣州的朋友，區桃哪裡去了？朋友說：「區桃們白天睡覺，夜裡才出來活動。」

讀罷《三家巷》不久，我從一個很賞識我的老師那裡借到了一本《鋼鐵是怎樣煉成的》。晚上，母親在灶前忙飯，一盞小油燈掛在門框上，被騰騰的煙霧繚繞著。我個頭矮，只能站在門檻上就著如豆的燈光看書。我沉浸在書裡，頭髮被燈火燒焦也不知道。保爾和冬妮婭，骯髒的燒鍋爐小工與穿著水兵服的林務官的女兒的迷人的初戀，實在是讓我夢繞魂牽，跟得了相思病差不多。多少年過去了，那些當年活現在我腦海裡的情景還歷歷在目。保爾在水邊釣魚，冬妮婭坐在水邊樹杈上讀書……哎，哎，咬鉤了，咬鉤了……魚並沒咬鉤。冬妮婭為什麼要逗這個衣衫襤褸、頭髮蓬亂、渾身煤灰的窮小子呢？冬妮婭出於一種什麼樣的心態？保爾發了怒，冬妮婭向保爾道歉。然後保爾繼續釣魚，冬妮婭繼續讀書。她讀的什麼書？是托爾斯泰還是屠格涅夫？她垂著光滑的小腿在樹杈上讀書，那條烏黑粗大的髮辮，那雙湛藍清澈的眼睛……保爾這時還有心釣魚嗎？如果是我，肯定沒心釣魚了。從冬妮婭向保爾真誠道歉那一刻起，童年的小門關閉，青春的大門猛然敞開了，一個美麗的、令人遺憾的愛情故事開始了。我想，如果冬妮婭不向保爾道歉呢？如果冬妮婭擺出貴族小姐的架子痛罵窮小子呢？那《鋼鐵是怎樣煉成的》就沒有了。一個高貴的人並不意識到自己的高貴才是真正的高貴，一個高貴的人能因自己的過失向比自己低賤的人道歉是多麼可貴。我與保爾一樣，也是在冬妮婭道歉那一刻愛上了她。說愛還早了點兒，但起碼是心中充滿了對她的好感，階級的壁壘在悄然地瓦解。接下來就是保爾和冬妮婭賽跑，因為戀愛忘了燒鍋爐；勞動紀律總是與戀愛有矛盾，古今中外都一樣。美麗的貴族小姐在前面跑，鍋爐小工在後邊追……最激動人心的時刻到了：冬妮婭青春煥發的身體有意無意地靠在保爾的胸膛上……看到這裡，幸福的熱淚從高密東北鄉的傻小子眼裡流了下來。接下來，保爾剪頭髮，買襯衣，到冬妮婭家做客……我是三十多年前讀的這本書，之後再沒翻過，但一切都在眼前，連一個細節都沒忘記。我當兵後看過根據這部小說改編的電影，但失望得很，電影中的冬妮婭根本不是我想像中的冬妮婭。保爾和冬妮婭最終還是分道揚鑣，成了兩股道上跑的車，各奔了前程。當年讀到這裡時，我心裡那種滋味難以說清。我想如果我是保爾……但可惜我不是保爾……我不是保爾也忘不了臨別前那無比溫馨甜蜜的一夜……冬妮婭家那條凶猛的大狗，狗毛溫暖，冬妮婭溫馨如飴……冬妮婭的母親多麼慈愛啊，散發著牛奶和麵包的香氣……後來在築路工地上相見，但昔日的戀人之間豎起了黑暗的牆，階級和階級鬥爭，多麼可怕。但也不能說保爾不對，冬妮婭即使嫁給了保爾，也注定不會幸福，因為這兩個人之間的差別實在是太大了。保爾後來又跟那個共青團幹部麗達戀愛，這是革命時期的愛情，儘管也有感人之處，但比起與冬妮婭的初戀，缺少了那種纏綿悱惻的情調。最後，倒楣透頂的保爾與那個蒼白的達雅結了婚。這樁婚事連一點點浪漫情調也沒有。看到此處，保爾的形象在我童年的心目中就黯淡了。

讀完《鋼鐵是怎樣煉成的》，「文化大革命」就爆發了，我童年讀書的故事也就完結了。

（一九九六年）

30 福克納大叔，你好嗎

前幾天在史丹佛大學演講時，我曾經說過，一個作家讀另一個作家的書，實際上是一次對話，甚至是一次戀愛，如果談得成功，很可能成為終身伴侶，如果話不投機，大家就各奔前程。今天，我就具體地談談我與世界各地的作家們對話，也可以說是戀愛的過程。在我的心目中，一個好的作家是長生不死的，他的肉體當然也與常人一樣遲早要化為泥土，但他的精神卻會因為他的作品的流傳而永垂不朽。在今天這種紙醉金迷的社會裡，說這樣的話顯然是不合時宜——因為比讀書有趣的事情實在是太多了——但為了安慰自己，鼓勵自己繼續創作，我還是要這樣說。

幾十年前，當我還是一個在故鄉的草地上放牧牛羊的頑童時，就開始了閱讀生涯。那時候在我們那個偏僻落後的地方，書籍是十分罕見的奢侈品。在我們高密東北鄉那十幾個村子裡，誰家有本什麼樣的書我基本上都知道。為了得到閱讀這些書的權利，我經常去給有書的人家幹活。我們鄰村一個石匠家裡有一套帶插圖的《封神演義》，這套書好像是在講述三千年前的中國歷史，但實際上講述的是許多超人的故事。譬如說一個人的眼睛被人挖去了，就從他的眼窩裡長出了兩隻手，手裡又長出兩隻眼，這兩隻眼能看到地下三尺的東西；還有一個人，能讓自己的腦袋脫離脖子在空中唱歌，他的敵人變成了一隻老鷹，將他的腦袋反著安裝在他的脖子上，結果這個人往前跑時，實際上是在後退，而他往後跑時，實際上是在前進。這樣的書對我這樣的整天沉浸在幻想中的兒童，具有難以抵禦的吸引力。為了閱讀這套書，我給石匠家裡拉磨磨麵，磨一上午麵，可以閱讀這套書兩個小時，而且必須在他家的磨道裡讀。

總之，在我的童年時代，我付出了巨大的代價，把我們周圍那十幾個村子裡的書都讀完了。那時候我的記憶力很好，不但閱讀的速度驚人，而且幾乎是過目不忘。至於把讀書看成是與作者的交流，在當時是談不上的。當時是純粹地為了看故事，而且非常地投入，經常因為書中的人物而痛哭流涕，也經常愛上書中那些可愛的女性。

我把周圍村子裡的十幾本書讀完之後，十幾年裡，幾乎再沒讀過書。我以為世界上的書就是這十幾本，把它們讀完了，就等於把天下的書讀完了。這一段時間我在農村勞動，與牛羊打交道的機會比與人打交道的機會多，我在學校裡學會的那些字也幾乎忘光了。但我的心裡還是充滿了幻想，希望能成為一個作家，過上幸福的生活。前幾天在史丹佛演講時，我曾經說是因為想過上一天三次吃餃子那樣的幸福日子才發憤寫作，其實，鼓舞我寫作的，除了餃子之外，還有許多的原因，這些原因裡，當了作家就有了讀書的機會是最重要的。

我大量地閱讀是在大學的文學系讀書的時候，那時我已經寫了不少小說。我第一次進學校的圖書館時大吃一驚，我做夢也沒想到，世界上已經有這麼多人寫了這麼多書。但這時我已經過了讀書的年齡，我發現我已經不能耐著心把一本書從頭讀到尾，我感到書中那些故事都沒有超出我的想像力。我把一本書翻過十幾頁就把作者看穿了。我承認許多作家都很優秀，但我跟他們之間共同的語言不多，他們的書對我用處不大，讀他們的書就像我跟一個客人彬彬有禮地客套，這種情況直到我讀到福克納為止。

我清楚地記得那是一九八四年的十二月裡一個大雪紛飛的下午，我從同學那裡借到了一本福克納的《聲音與憤怒》，我端詳著印在扉頁上穿著西服、紮著領帶、叼著菸斗的那個老頭，心中不以為意。然後我就開始閱讀由中國的一個著名翻譯家寫的那篇漫長的序文，我一邊讀一邊歡喜，對這個美國老頭許多不合時宜的行為我感到十分理解，並且感到很親切。譬如他從小不認真讀書，譬如他喜歡胡言亂語，譬如他喜歡撒謊，他連戰場都沒上過，卻大言不慚地對人說自己駕駛著飛機與敵人在天上大戰，他還說他的腦袋裡留下一塊巨大的彈片，而且因為腦子裡有彈片，才導致了他煩瑣而晦澀的語言風格。他去領諾貝爾獎獎金，竟然醉得連金質獎章都扔到垃圾桶裡；甘迺迪總統請他到白宮去赴宴，他竟然說為了吃一次飯跑到白宮去不值得。他從來不以作家自居，而是以農民自居，尤其是他創造的那個「約克納帕塔法郡」更讓我心馳神往。我感到福克納像我的故鄉那些老農一樣，在用不耐煩的口吻教我如何給馬駒子套上籠頭。

接下來我就開始讀他的書，許多人都認為他的書晦澀難懂，但我卻讀得十分輕鬆。我覺得他的書就像我的故鄉那些脾氣古怪的老農的絮絮叨叨一樣親切，我不在乎他對我講了什麼故事，因為我編造故事的才能絕不在他之下，我欣賞的是他那種講述故事的語氣和態度。他旁若無人，只顧講自己的，就像當年我在故鄉的草地上放牛時一個人對著牛和天上的鳥自言自語一樣。在此之前，我一直還在按照我們的小說教程上的方法來寫小說，這樣的寫作是真正的苦行。我感到自己找不到要寫的東西，而按照我們教材上講的，如果感到沒有東西可寫時，就應該下去深入生活。讀了福克納之後，我感到如夢初醒，原來小說可以這樣地胡說八道，原來農村裡發生的那些雞毛蒜皮的小事也可以堂而皇之地寫成小說。他的約克納帕塔法郡尤其讓我明白了，一個作家，不但可以虛構人物、虛構故事，而且可以虛構地理。於是我就把他的書扔到了一邊，拿起筆來寫自己的小說了。受他的約克納帕塔法郡的啟示，我大著膽子把我的「高密東北鄉」寫到了稿紙上。他的約克納帕塔法郡是完全的虛構，我的高密東北鄉則是實有其地。我也下決心要寫我的故鄉那塊像郵票那樣大的地方。這簡直就像打開了一道記憶的閘門，童年的生活全被激活了。我想起了當年我躺在草地上對著牛、對著雲、對著樹、對著鳥兒說過的話，然後我就把它們原封不動地寫到我的小說裡。從此後，我再也不必為找不到要寫的東西而發愁，而是要為寫不過來而發愁了。經常出現這樣的情況，當我在寫一篇小說的時候，許多新的構思，就像狗一樣在我身後大聲喊叫。

後來，在北京大學舉行的福克納國際研討會上，我認識了一個美國大學的教授，他就在離福克納的家鄉不遠的一所大學教書。他和他們的校長邀請我到他們學校去訪問，我沒有去成，他就寄給我一本有關福克納的相簿，那裡邊，有很多珍貴的照片。其中有一幅福克納穿著破衣服、破靴子站在一個馬棚前的照片，他的這副形象一下子就把我送回了我的高密東北鄉，他讓我想起了我的爺爺、父親和許多的老鄉親。這時，福克納做為一個偉大作家的形象在我的心中已經徹底地瓦解了，我感到我跟他之間已經沒有了任何距離，我感到我們是一對心心相印、無話不談的忘年之交。我們在一起談論天氣、莊稼、牲畜，我們在一起抽菸喝酒，我還聽到他對我罵美國的評論家，聽到他諷刺海明威。他還讓我摸了他腦袋上那塊傷疤，他說這個疤其實是讓一匹花斑馬咬的，但對那些傻瓜必須說是讓德國的飛機炸的，然後他就得意地哈哈大笑，他的臉上布滿頑童般的惡作劇的笑容。他還教導我，一個作家應該避開繁華的城市，到自己的家鄉定居，就像一棵樹必須把根扎在土地上一樣。我很想按照他的教導去做，但我的家鄉經常停電，水又苦又澀，冬天又沒有取暖的裝置，我害怕艱苦，所以至今沒有回去。

我必須坦率地承認，至今我也沒把福克納那本《聲音與憤怒》讀完，但我把那本美國教授送我的福克納相簿放在我的案頭上，每當我對自己失去了信心時，就與他交談一次。我承認他是我的導師，但我也曾經大言不慚地對他說：「嘿，老頭子，我也有超過你的地方！」我看到他的臉上浮現出譏諷的笑容，然後他就對我說：「說說看，你在哪些地方超過了我？」我說：「你的那個約克納帕塔法郡始終是一個郡，而我在不到十年的時間內，就把我的高密東北鄉變成了一個非常現代的城市。在我的新作《豐乳肥臀》裡，我讓高密東北鄉蓋起了許多高樓大廈，還增添了許多現代化的娛樂設施。另外我的膽子也比你大，你寫的只是你那塊地方上的事情，而我敢於把發生在世界各地的事情，改頭換面拿到我的高密東北鄉，好像那些事情真的在那裡發生過。我的真實的高密東北鄉根本就沒有山，但我硬給它挪來了一座山；那裡也沒有沙漠，我硬給它創造了一片沙漠；那裡也沒有沼澤，我給它弄來了一片沼澤；還有森林、湖泊、獅子、老虎……都是我給它編造出來的。近年來不斷地有一些外國學生和翻譯家到高密東北鄉去看我在小說中描寫過的那些東西，他們到了那裡一看，全都大失所望，那裡什麼也沒有，只有一片荒涼的平原和平原上的一些毫無特色的村子。」福克納打斷我的話，冷冷地對我說：「後起的強盜總是比前輩的強盜更大膽！」

我的高密東北鄉是我開創的一個文學的共和國，我就是這個王國的國王。每當我拿起筆，寫我的高密東北鄉故事時，就飽嘗到了大權在握的幸福。在這片國土上，我可以移山填海、呼風喚雨，我讓誰死誰就死、讓誰活誰就活；當然，有一些大膽的強盜也造我的反，而我也必須向他們投降。我的高密東北鄉系列小說出籠後，也有一些當地人對我提出抗議，他們罵我是一個背叛家鄉的人，為此，我不得不多次地寫文章解釋，我對他們說：「高密東北鄉是一個文學的概念而不是一個地理的概念，高密東北鄉是一個開放的概念而不是一個封閉的概念，高密東北鄉是在我童年經驗的基礎上想像出來的一個文學的幻境；我努力地要使它成為中國的縮影，我努力地想使那裡的痛苦和歡樂與全人類的痛苦和歡樂保持一致，我努力地想使我的高密東北鄉故事能夠打動各個國家的讀者，這將是我終生的奮鬥目標。」

現在，我終於踏上了我的導師福克納大叔的國土，我希望能在繁華的大街上看到他的背影，我認識他那身破衣服，認識他那支大菸斗，我熟悉他身上那股混合著馬糞和菸草的氣味，我熟悉他那醉漢般的搖搖晃晃的步伐。如果發現了他，我就會在他的背後大喊一聲：「福克納大叔，我來了！」

（二〇〇〇年三月）

31 漫談斯特林堡

我在網上和報紙上多次看到，瑞典王國駐中國大使雍博瑞先生說：「斯特林堡*是瑞典的魯迅。」這個比喻，非常具有說服力，這讓那些即便對斯特林堡的作品不甚了解的人，也會清楚地知道斯特林堡在瑞典的文學地位和他在世界文學大格局中的地位。

我不是魯迅研究專家，也不是斯特林堡研究專家，但我在多年之前，就感覺

---

* 繁中版編注：August Strindberg，瑞典劇作家，被譽為現代戲劇創始人之一。

到這兩個作家有一種遙相呼應的關係。魯迅和斯特林堡，不僅僅是在中國和瑞典的文學地位相當，而且，他們二人的精神是相通的。

據魯迅日記記載，他在一九二七年十月裡，購買了斯特林堡的《一齣夢的戲劇》、《到大馬士革去》、《瘋人自辯狀》、《島的農民》、《黑旗》等書。我們不能斷定魯迅的創作是否受過斯特林堡的影響，但魯迅對斯特林堡的作品非常熟悉，這是可以肯定的。

魯迅和斯特林堡的作品，都表現出一種不向黑暗勢力妥協的頑強的戰鬥精神。他們都是孤獨的戰鬥者，都是能夠深刻地洞察人類靈魂的思想者。他們都有一個騷動不安的靈魂，都是能夠發出振聾發聵聲音的吶喊者。他們都是舊的藝術形式的挑戰者和新的藝術形式的創造者。他們都是對本民族的語言做出了貢獻的大師。他們都是真正的現代派、先鋒派，都是超越了他們的時代的預言家。他們作品中提出的許多問題，依然是我們現在面臨著的問題。他們當年所做的工作，今天依然沒有完成。他們的作品，依然具有強烈的現實意義。

雍博瑞大使向中國讀者介紹斯特林堡時說「斯特林堡是瑞典的魯迅」，我想，中國駐瑞典的大使向瑞典讀者介紹魯迅時，也可以說「魯迅是中國的斯特林堡」。

我在二十世紀八〇年代，讀過斯特林堡的長篇小說《紅房間》，當時的感覺是他的小說比較枯燥，結構上有些類似中國的古典小說《儒林外史》，並沒有什麼了不起的。但過了不久，當我讀了他的劇本《父親》和《朱麗小姐》之後，才感到他的深刻和偉大。回頭重讀《紅房間》，也就讀出了一種與傳統小說大不一樣的、不以故事情節吸引讀者而以思辨的精闢緊緊抓住讀者的精神力量。

最近，我通讀了由我國優秀的翻譯家李之義先生翻譯、人民文學出版社出版的五卷本《斯特林堡文集》，被這團「熾烈的火焰」燒灼得很痛很痛；當然，他灼痛的不是我的肉體，而是我的靈魂。

一八四九年出生的斯特林堡，活到今天已經一百五十六歲。但我在讀他的時候，卻絲毫沒有面對先賢的感覺。我感覺到，他就是一個與我同輩的人。他的痛苦、他的憤怒，都讓我聯想到自己的痛苦和憤怒，也就是說，他的作品，激起了我的強烈共鳴。

我感覺到他是一個團團旋轉、隆隆作響的矛盾的綜合體。他不僅僅是一團熾烈的火焰，他還是一條濁浪滾滾的大河。他的靈魂中，有許多對立的東西在摩擦、碰撞、瓦解、組合，猶如滾滾而下的河流中裹挾著泥沙、卵石、雜草、魚蝦、動物的屍體，猶如一個動物園的鐵籠裡同時關押著獅子、老虎、惡狼和綿羊。而且那些激流時刻都想沖決大河的堤壩，而且那些動物時刻都想衝破鐵籠的羈絆，而寫作，成了排泄這巨大能量的唯一渠道。所以，他的作品是真正地從靈魂深處發出的吶喊。

我感覺他是一個不但敢於拷問別人的靈魂，同時更敢於拷問自己靈魂的作家。他發出的火焰灼傷了許多人，但灼傷得最嚴重的還是他自己。我無端地感到斯特林堡是一個身穿黑衣、皮膚漆黑、猶如煤炭、猶如鋼鐵的人，就像魯迅的小說《鑄劍》裡的人物「宴之敖者」。

宴之敖者說：「我的靈魂上是有這麼多的，人我所加的傷，我已經憎惡了我自己。」這宴之敖者，正是魯迅當時心境的寫照。我覺得斯特林堡的晚年心境，與魯迅的晚年心境十分相似：他也是飽受中傷和打擊，他也是用「一個都不寬恕」的態度與他的敵人戰鬥，他也是在憎恨敵人的時候也憎恨自己。在某種程度上，他對自己的憎惡，勝過了魯迅對自己的憎惡。

斯特林堡經常發出「劊子手比受刑者還要痛苦」的論調，他那些自命為「活體解剖」的作品，與其說是在解剖別人，不如說是在解剖自己。在比較全面地閱讀斯特林堡之前，我的那部描寫劊子手和酷刑的小說《檀香刑》受到了很多人的批評，他們說我缺少「悲憫精神」，說我「展示殘酷」，我不能接受這樣的批判，因為我感到我很有悲憫精神，因為我感到掩蓋殘酷才是真正的殘酷，但我找不到有力的武器反駁這些批評。

現在，我從斯特林堡這裡找到了武器——劊子手比受刑者更痛苦，劊子手為了減緩痛苦而不得不為自己尋找精神解脫的方法。斯特林堡在他的晚年，經常夢到自己被放在烏普薩拉大學醫學院的解剖台上被人解剖，這正是他勇於自我批判的一個象徵吧。

我覺得他是一個從自我出發、以個人經驗為創作源泉的作家。由於他的天性中有許多病態的東西，由於他個人的生活極其曲折複雜，所以他的創作資源就極其豐富，他的個人經驗裡就天然地包含著巨大的藝術能量。由於他的個人生活與社會生活糾纏在一起，由於他個人的矛盾和痛苦恰好與時代的矛盾和痛苦吻合，所以，他的那些即便是帶有濃厚的自傳色彩的作品，也就突破了個人經驗的狹小圈子而獲得了普遍的社會意義。他發自靈魂深處的吶喊，也就成了人民的吶喊和為人民的吶喊。

我覺得斯特林堡是一個習慣於白日做夢的作家。他大概經常把夢境和現實混淆起來，經常把作品中的人物和他自己混淆起來，正如他自己所說：「我彷彿是在睡夢中走路，想像似乎和生活合而為一。」

因此，他把自傳寫成了小說，而把小說和戲劇寫成了自傳。他的有些作品是模仿了自己的生活，而他的生活，有時候也會模仿自己的作品。確實有許多人給他製造了痛苦，但我覺得，他自己給自己製造的痛苦，比所有的人給他製造的痛苦都要深重。這樣的人，如果不當作家，那確實會很麻煩。

許多沒有讀過斯特林堡作品的人，也知道他是一個憎恨女性的人。我讀完他的文集後，深深地感到這是一個錯誤的結論。我覺得他是一個極其熱愛、極其崇拜、極其依賴女性的人。我看了他寫給女人的情書——我的天哪——他果然是瑞典詞彙量最大的作家，天下的甜言蜜語似乎都被他說盡了。他的那些信洋溢著灼熱的真實感情，絕不是為了讓女人上鉤的花言巧語。我想無論多麼高貴、冷漠的女人，碰上斯特林堡這樣的追求者，大概最終也會舉手投降。

他也確實用最惡毒的語言辱罵過他曾經用最美好的語言歌頌過的女人，但我認為這不能成為他憎恨女性的證據，就像我們不能根據一個人對食物的咒罵做出這是一個憎恨食物的人的結論一樣。一個美食家，也必定是一個對食物最挑剔的人。

我覺得他是一個極端的理想主義者，他希望女性完美無缺，但平凡庸俗的婚姻生活中的女人，總不如戀愛中的女人可愛。戀愛中的斯特林堡愛情激盪，婚姻中的斯特林堡喪心病狂。我想，如果斯特林堡不結婚，只戀愛，那麼，他的小說和戲劇中的女人，就會是另外的模樣。那樣，他就不會背上憎惡女性的惡名，而很可能會成為熱愛女性的榜樣。

我還覺得，斯特林堡最偉大的一部作品，就是他的全部生活。他的愛情、他的婚姻、他的奮鬥、他的抗爭、他的榮耀、他的恥辱、他的寫作、他的研究、他的短暫富貴、他的顛沛流離、他的擁躉萬千、他的眾叛親離……這一切，構成了一部交響樂般的偉大作品。這既是一齣「夢的戲劇」，也是一部「鬼魂奏鳴曲」，更是一個豐富得無與倫比的靈魂的歷史。

中國的著名詩人臧克家先生在紀念魯迅時曾經寫道：「有的人活著，他已經死了；有的人死了，他還活著。」這樣的頌詩，斯特林堡也當之無愧。

斯特林堡和魯迅雖然都死了，但卻是永遠活著的人，他們永遠活在自己的作品裡，使一代代的讀者，感到他們是自己的同代人。

（二〇〇五年十月十九日）

32 獨特的聲音

讓一個擁有二十年文學閱讀經驗的人選出他喜歡的十個短篇小說，是一項輕鬆愉快的工作；但讓他講出選了這十篇小說的理由，卻既不輕鬆也不愉快，起碼對我來說是這樣。

我想一個好的短篇小說，應該是一個作家成熟後的產物。閱讀這樣一個短篇小說，可以感受到這個作家的獨特性。就像通過一個細小的鎖孔可以看到整個的房間，就像提取一隻綿羊身體上的細胞，可以克隆出一隻綿羊。我想一個作家的成熟，應該是指一個作家形成了自己的風格，而所謂的風格，應該是一個作家具有了自己獨特的、不混淆於他人的敘述腔調。這個獨特的腔調，並不僅僅指語言，而是指他習慣選擇的故事型別、他處理這個故事的方式、他敘述這個故事時運用的形式等全部因素所營造出的那樣一種獨特的氛圍。這種氛圍或者像煙熏火燎的小酒館，或者像燭光閃爍的咖啡屋，或者像吵吵嚷嚷的四川茶館，或者像音樂繚繞的五星級飯店，或者像一條高速公路，像一個馬車店，像一艘江輪，像一個候車室，像一個桑拿浴室……總之是應該與眾不同。即便讓兩個成熟作家講述同一個故事，營造出的氛圍也絕不會相同。而我認為所謂作家的成熟，不是說他從此之後就無變化，也不是指他已經發表了很多的作品。有的人一開始就成熟了，有的人則像老酒一樣漸漸成熟，有的人則永遠也不會成熟，哪怕他寫了一千本書。

關於小說創作的理論，對大多數讀者和作者來說，沒有什麼實際意義。任何關於小說創作的理論都是片面的，它更多的是理論的自我滿足。作家的自我立論更是情緒化的產物，往往是漏洞百出，難以自圓其說。但小說的確存在著好壞之分，這是每一個讀者都能感受到的事實。所以我的選擇也基本上是建立在感受的基礎上，我能談的也就是回憶當初閱讀這些作品時的感受。

第一次從家兄的語文課本上讀到魯迅的《鑄劍》時，我還是一個比較純潔的少年。讀完了這篇小說，我感到渾身發冷，心裡滿是驚悚。那猶如一塊冷鐵的黑衣人宴之敖者、身穿青衣的眉間尺、下巴上撅著一撮花白鬍子的國王，還有那個蒸氣繚繞灼熱逼人的金鼎、那柄純青透明的寶劍、那三顆在金鼎的沸水裡唱歌跳舞追逐啄咬的人頭，都在我的腦海裡活靈活現。我在橋梁工地上給鐵匠師傅拉風箱當學徒時，看到鋼鐵在爐火中由紅變白、由白變青，就聯想到那柄純青透明的寶劍。後來我到公社屠宰組裡當過小夥計，看到湯鍋裡翻滾著的豬頭，就聯想到了那三顆追逐啄咬的人頭。一旦進入了這種聯想，我就感到現實生活離我很遠，我在我想像出的黑衣人的歌唱聲中忘乎所以，我經常不由自主地大聲歌唱：阿呼嗚呼兮嗚呼嗚呼——前面是魯迅的原文；後邊是我的創造——嗚哩哇啦嘻哩嗎呼。我的這種歌唱大人們理解不了，但孩子們理解得很好，他們跟著我一塊兒歌唱。在滿天星斗的深夜裡，村子裡的某個角落裡突然響起一聲長調，宛若狼嚎，然後就此伏彼起，猶如一石激起千重浪。長大之後，重讀過多少次《鑄劍》已經記不清了，但每讀一次，都有新的感受。漸漸地我將黑衣人與魯迅混為一體，而我從小就將自己幻想成身穿青衣的眉間尺。我知道我成不了眉間尺，因為我是個怕死的懦夫，不可能像眉間尺那樣因為黑衣人的一言之諾就將自己的腦袋砍下來。如果有條件，我倒很容易成為那個腐化墮落的國王。

顯克維奇的《燈塔看守人》是我在某訓練大隊擔任政治教員時讀到的，當時我已經開始學習寫小說，已經不滿足於讀一個故事，而是要學習人家的「語言」。本篇中關於大海的描寫我熟讀到能夠背誦的程度，而且在我早期的幾篇「軍旅小說」中大段地摹寫過。接受了我稿子的編輯，誤以為我在海島上當過兵或者是一個漁家兒郎。當然我沒有笨到照抄的程度，我通過閱讀這篇小說認識到，應該把海洋當成一個有生命的東西寫，然後又翻閱了大量的有關海洋的書籍，就坐在山溝裡寫起了海洋小說。我把颱風寫得活靈活現，術語運用熟練，把外行唬得一愣一愣的。後來我讀了顯克維奇的長篇《十字軍騎士》，感覺到就像遇到多年前的密友一樣親切，因為他的近乎頑固的宗教感情和他的愛國激情是一以貫之的，在長篇裡，在短篇裡。這個短篇的創作時間距今已有一百多年，如今讀起來，依然感覺不到它的過時。這是一個精心構思的故事，充滿了浪漫精神，仔細推敲起來，能夠感覺到小說中心情節的虛假，但浪漫主義總是偏愛戲劇性的情節。

胡里奧．科塔薩爾的《南方高速》與我的早期小說《售棉大路》有著親密的血緣關係，我從二十世紀八〇年代初期的《外國文學》月刊上讀到了它。刊物是一個學員訂的，我利用暫時負責收發報刊的便利，截留下來，先睹為快。那時還沒有複印機，我用了三個通宵，將它抄在一個硬皮本上。在此之前，我閱讀的大多是古典作家，這個拉美大陸上頗有代表性的作家的充溢著現代精神的力作，使我受到了巨大的衝擊。閱讀它時，我的心情激動不安，第一次感覺到敘述的激情和語言的慣性，接下來我就模擬著它的腔調寫了《售棉大路》。這次模仿，在我的創作道路上意義重大，它使我明白了，找到敘述的腔調，就像樂師演奏前的定弦一樣重要，腔調找到之後，小說就是流出來的，找不到腔調，小說只能是擠出來的。

喬伊斯的〈死者〉是經典名篇，如果沒有那麼多的文章極力推崇，我可能永遠也不會讀完它。這部小說並不難讀，但他精雕細琢的那些發生在客廳舞廳裡的瑣事，實在是令人心煩。讀到臨近終篇、小說中的男女主人公走出姨媽家的客廳來到散發著冰冷芳香的大街上時，偉大的喬伊斯才讓人物的內心徹底地向讀者開放，猶如微暗的火終於燃成了明亮的火，猶如含苞待放的花朵綻開了全部的花瓣。但這兩顆狂亂的、光芒四射的心很快就冷卻了，就像火焰漸漸熄滅，就像花朵漸漸凋零。最後，男主人公將自己的靈魂埋葬了，就像「這些死者一度在這兒養育、生活過的世界，正在溶解和化為烏有」。如果是一個別樣的作家，或者說除了喬伊斯之外的其他作家，小說到此就該結束了，但喬伊斯不在這裡結束，他讓「整個愛爾蘭都在落雪」來結束這篇小說，他讓雪「落在陰鬱的中部平原的每一片地方上，落在光禿禿的小山上，輕輕地落進艾倫沼澤，再往西，又輕輕落進香農河那黑沉沉的、奔騰澎湃的浪潮中。它也落在山坡上那片安葬著麥可·費瑞的孤獨的教堂墓地的每一塊兒泥土上。它紛紛飄落，厚厚地積壓在歪歪斜斜的十字架上和墓石上，落在一扇扇小墓門的尖頂上，落在荒蕪的荊棘叢中」。這是小說歷史上最為著名的結尾之一，含蓄、隱晦、多義，歷來被評家樂道，也為諸多作家模仿，但很少有人敢用這種方式來結尾，但即便是放在中間，也一眼就能看出。我曾經試圖用他的調子寫作，但總是畫虎不成反類犬。

讀勞倫斯的《普魯士軍官》時，我正在軍藝文學系學習，當時流行寫「感覺」，同學們之間，誇獎一個人小說寫得好，就說他有「感覺」，批評一個人的小說不好，就說他沒有「感覺」。此時我的《透明的紅蘿蔔》、《爆炸》等小說已經發表，我被認為是有「感覺」的，為此我沾沾自喜，甚至有點兒不知天高地厚，但當我讀了《普魯士軍官》後，才知道什麼叫做有「感覺」，比較勞倫斯，我的「感覺」實在是太遲鈍了。我們所說的「感覺」，其實就是指作家讓他的小說中的人物，用全部的感官包括所謂的「第六感」，去感知他自己的身體、內心以及外部的世界。在這方面，勞倫斯的《普魯士軍官》為我們樹立了一個精美的樣板。

在二十世紀八〇年代的中國文壇，馬奎斯毫無疑問是個如雷貫耳的名字。他的《巨翅老人》，鮮明地體現了「魔幻現實主義」的創作原則：把看來不真實的東西寫得十分逼真，把看來不可能的東西寫得完全可能。這篇小說容易讓人想到卡夫卡的《變形記》，但我認為它更像一個童話。馬奎斯的師父應該是安徒生，他是用講故事給孩子聽的口吻講述了這個離奇的故事。

福克納是許多作家的老師，當然也是我的老師。他肯定不喜歡招收一個我這樣的學生，但作家拜師不需磕頭，也不需老師同意。福克納的這篇《公道》在他的短篇小說中並不是最有名的，我之所以喜歡它並要向讀者推薦，是因為這篇小說的結構。福克納的長篇和中篇大都有一個精巧的結構，但他的短篇不太講究結構，《公道》是個例外。《給愛米麗的玫瑰》當然也不錯，但我認為不如《公道》巧妙。他用一個孩子的口氣講述了孩子聽爺爺莊院的傭人山姆·法澤斯孩童時代從他的父親的朋友赫爾曼·巴斯克特那裡聽來的關於他的父親和他的母親等人的故事，所謂的小說結構的「套盒術」大概就是這個樣子。從某種意義上說，這個結構是福克納歷史觀的產物。小說中關於爸爸與黑人鬥雞、與黑人比賽跳高的情節富有喜劇性而又深刻無比，就像刻劃人物性格的雕刀。

屠格涅夫的《白淨草原》是一篇優美的兒童小說，我只讀過一遍，而且是在二十多年前，但那堆篝火、那群講鬼故事的孩子、那些令人毛骨悚然的鬼故事、那些不時將腦袋伸到明亮的篝火前吃草的牲口，至今難以忘懷。

卡夫卡的《鄉村醫生》是一篇最為典型的「仿夢小說」，也許他寫的就是他的一個夢。他的絕大多數作品，都像夢境。夢人人會做，但能把小說寫得如此像夢的，大概只有他一人。至於他是否用自己的寫作來批判資本主義社會，那我就不知道了。

《桑孩兒》的作者水上勉小時曾經出家當過和尚，他的小說裡經常出現「南無阿彌陀佛」。這篇小說裡也出現了好幾次「南無阿彌陀佛」。這是一個悽慘無比的故事，但水上勉的敘述清新委婉。這故事讓我來講那就不得了了，肯定要大灑狗血。《桑孩兒》的結構有點兒像福克納的《公道》。我選擇它，一是因為這篇小說裡有一種大宗教的超然精神，二是因為它做為一篇鄉村風俗小說的成功。

做為一個讀者，我說得也許還不夠；但做為一個「選者」，我說得已經太多了。

（一九九八年十月）

第六章

我們祈求靈感來襲，
就必須深入到生活裡去。

33 土行孫和安泰給我的啟示

在我還是一個兒童時，就聽老人們講述過土行孫的故事。他是中國神魔小說《封神演義》中的一個身懷「土遁」絕技的豪傑，能夠在地下快速潛行。因為這絕技，他立下了許多功勞。他也多次被敵人擒獲，但只要讓他的身體接觸到土地，就會像魚兒游進大海一樣消逝得無影無蹤。長大後，我自己從書上看到過希臘神話中那位巨人安泰*的故事。他的父親是海神，母親是地神。他的力量來自大地母親，只要不離開大地，他的力量就無窮無盡，但如果離開了土地，他就軟弱無力，不堪一擊。

我總感到這兩個人物之間有一種神祕的聯繫，總感到這兩個人物與我所從事的文學活動有某種聯繫。我們習慣於把人民比做母親，也習慣於把大地比做母親。而人民—土地—母親，對於一個文學工作者來說，就是我們置身其中的豐富多采的生活。

生活是文學藝術的永不枯竭的源泉，無論是什麼樣子的天才，無論他具有多麼豐富的想像力，脫離了生活，脫離了與人民大眾休戚與共、生死相依的關係，就失去了力量的源泉，要想寫出能夠深刻反映時代本質的作品，幾乎是不可能的。始終與最廣大的民眾站在一起，時刻不忘記自己是民眾的一員，永遠把民眾的疾苦當成自己的疾苦，就像土行孫和安泰時刻不離開大地一樣，我們才能獲得蓬勃的創作動力，才能寫出感動人心的作品。

我從二十世紀八〇年代初期開始文學創作，至今二十多年來，一直保持著對人民大眾日常生活的關注，一直把自己個人的痛苦和人民大眾的痛苦聯繫在一

＊ 繁中版編注：Antaeus，台灣慣譯安泰俄斯。

起，一直保持著「土包子」的本色，儘管難免遭受聰明人的譏諷，但我以此為榮。我的已經被翻譯成韓文的《透明的紅蘿蔔》、《紅高粱家族》、《天堂蒜薹之歌》、《食草家族》、《酒國》、《豐乳肥臀》、《檀香刑》等作品，都是我所生活的時代的反映。有些篇章儘管描述的是歷史生活，但其中貫注的也是一個生活在當代的作家的強烈情感，因此也就具有了反映現實生活的當代性。其中的大部分作品，都是在寫自己最熟悉的生活，在宣泄自己的情感；但由於個人的痛苦和大多數人民的痛苦幸運地取得了某種程度的一致，因此，即便是從自我出發的創作，也就具有了一定程度的普遍性，獲得了某種程度的人民性。

我坦率地承認，在我年輕氣盛時，也曾一度懷疑過「生活決定藝術」這一基本常識。但隨著年齡的增長和創作經驗的增加，我體會到，即便那些自以為憑空想像的創作，其實也還是生活的反映，也還是建立在自我經驗基礎上的產物。

近年來，我漸漸地感受到一種創作的危機，這危機並不是個人才華的衰退，而是對生活的疏遠和陌生。我相信這不是我一個人的問題，也是許多作家同行的問題。當你因為寫作獲得了高官厚祿，當你因為寫作住進了豪宅華屋，當你因為寫作擁有了香車寶馬，當你因為寫作被鮮花和掌聲所包圍，你就如同離開了大地的土行孫和安泰，失去了力量的源泉。你也許不服氣，口頭上還振振有詞，自以為還力大無窮，但事實上已經心有餘而力不足了。

一個作家的作品數量的日漸增加和名聲的逐步累積，不僅僅使他在物質生活上和廣大民眾拉開了距離，更可怕的是使他與人民大眾的感情拉開了距離。他的目光已經被更榮耀的頭銜、更昂貴的名牌、更多的財富、更舒適的生活所吸引。他的精神已經在不知不覺中變得平庸懶惰。他已經感受不到銳利的痛楚和強烈的愛憎，他已經喪失了愛與恨的能力。他不放過一切機會炫耀自己的成功和財富，把財富等同於偉大，把小聰明等同於大智慧。他追求所謂的高雅趣味，在奢侈虛榮的消費過程中沾沾自喜。他熱中於蒐集和傳播花邊新聞、奇聞逸事，沉溺在垃圾訊息裡並津津樂道。這樣的精神狀態下的寫作，儘管可以保持著嚇人的高調，依然可以贏得喝采，但實際上已經是沒有真情介入的文學遊戲。這樣的結局，當然是一個作家最大的悲哀。避免這種結局的方法，當然可以像晚年的托爾斯泰那樣離家出走，當然可以像法國畫家高更那樣拋棄一切，遠避到南太平洋群島上去和土著居民生活在一起；但如果做不到這樣決絕，那也起碼應該盡可能地與人民保持聯繫，最起碼要在思想上保持著警惕，不要忘記自己的出身，不要扮演上等人，不要嘲笑比你不幸的人，對你得到的一切應該心懷感激和愧疚，不要把自己想像得比所有人都聰明，不要把所有的人都當成你譏諷的對象，你要用大熱情關注大世界，你要把心用在對人類的痛苦的同情和關注上。總之，你不要把別人想像得那樣壞，而把自己想像得那樣好。

是的，我們所處的時代人欲橫流、矛盾紛紜，但過去的時代其實也是這樣。一百多年前，狄更斯就在他的名作《雙城記》的開篇寫道：「這是最好的時代，也是最壞的時代；這是智慧的年代，也是愚蠢的年代；這是信仰的時期，也是懷疑的時期；這是光明的季節，也是黑暗的季節；這是希望之春，也是失望之冬；人們面前有著各種事物，人們面前一無所有；人們正在直登天堂，人們也在直下地獄。」面對著這樣的時代，一個作家應該保持冷靜的心態，透過過剩的媒體製造的訊息垃圾，透過浮躁的社會泡沫，去體驗觀察浸透了人類情感的樸實生活。只有樸實的、平凡人民的平凡生活才是生活的主流。在這樣的生活中，默默湧動著真正的情感、真正的創造性和真正的人的精神，而這樣的生活，才是文學藝術的真正的資源。

作家當然可以，也必須在自己的創作中大膽地創新，大膽地運用種種藝術手段來處理生活，大膽地充當傳統現實主義的叛徒，與巴爾扎克、托爾斯泰對抗；但以巴爾扎克、托爾斯泰為代表的批判現實主義作家對現實生活所持的批判和懷疑精神，他們作品中貫注著的對人的命運的關懷和對現實的永不妥協的態度，則永遠是我們必須遵循的法則。我們必須具備這樣的對人的命運的關懷，必須在作品中傾注我們的真實情感；不是為了取悅某個階層，不是用虛情假意來刺激讀者的淚腺，而是要觸及人的靈魂，觸及時代的病灶。而要觸及人的靈魂，觸及時代的病灶，首先要觸及自己的靈魂，觸及自己的病灶；首先要以毫不留情的態度向自己問罪，不僅僅是懺悔。

一個作家要有愛一切人，包括愛自己的敵人的勇氣。但一個作家不能愛自己，也不能可憐自己、寬容自己，應該把自己當做寫作過程中最大的、最不可饒恕的敵人。把好人當壞人來寫，把壞人當好人來寫，把自己當罪人來寫，這就是我的藝術辯證法。

在這個「娛樂至死」的時代裡，在諸多的娛樂把真正的文學創作和真正的文學批判、閱讀日益邊緣化的時代裡，文學不應該奴顏婢膝地向人們心中的「娛樂鬼魂」獻媚，而是應該以自己無可替代的寶貴本質，捍衛自己的尊嚴。讀者當然在決定一部分作家，但真正的作家會創造出自己的讀者。

我們所處的時代對於文學來說，也正如同狄更斯的描述：「這是最好的時代，也是最壞的時代。」只要我們吸取土行孫和安泰的教訓，清醒地知道並牢記著自己的弱點，時刻不脫離大地，時刻不脫離人民大眾的平凡生活，就有可能寫出「深刻地揭示了人類共同的優點和弱點，深刻地展示了人類的優點所創造的輝煌和人類弱點所導致的悲劇，深刻展示人類靈魂的複雜性和善惡美醜之間的朦朧地帶並在這朦朧地帶投射進一線光明的作品」。這也是我對所謂偉大作品的定義。很可能我們窮其一生也寫不出這樣的作品，但具有這樣的雄心，總比沒有這樣的雄心要好。

（二〇〇七年十月）

34 靈感像狗一樣，在我的身後大喊大叫

三十多年前，我初學寫作時，為了尋找靈感，曾經多次深夜出門，沿著河堤，迎著月光，一直往前走，一直到金雞報曉時才回家。

少年時我膽子很小，夜晚不敢出門，白天也不敢一個人往莊稼地裡鑽。別的孩子能割回家很多草，我卻永遠割不滿筐子。母親知道我膽小，曾經多次質問我：「你到底怕什麼？」我說：「我也不知道怕什麼，但我就是怕。」我一個人走路時總是感到後邊有什麼東西在跟蹤我；我一個人到了莊稼地邊上，總是感覺到隨時都會有東西竄出來；我路過大樹時，總感覺到大樹上會突然跳下來什麼東西；我路過墳墓時，

總感覺到會有東西從裡邊跳出來；我看到河中的漩渦，總感覺到漩渦裡隱藏著奇怪的東西……我對母親說：「我的確不知道怕什麼東西，但就是怕。」母親說：「世界上，所有的東西都怕人！毒蛇猛獸怕人，妖魔鬼怪也怕人。因此人就沒有什麼好怕的了。」我相信母親說的話是對的，但我還是怕。後來我當了兵，夜裡站崗時，懷裡抱著一支衝鋒槍，彈匣裡有三十發子彈，但我還是感到怕。我一個人站在哨位上，總感到脖子後邊涼颼颼的，似乎有人對著我的脖子吹氣。我猛地轉回身，但什麼也沒有。

因為文學，我的膽子終於大了起來。有一年在家休假時，我睡到半夜，看到月光從窗櫺射進來。我穿好衣服，悄悄地出了家門，沿著胡同，爬上河堤。明月當頭，村子裡一片寧靜，河水銀光閃閃，萬籟俱寂。我走出村子，進入田野。左邊是河水，右邊是一片片的玉米和高粱。所有的人都在睡覺，只有我一個人醒著。我突然感到占了很大的便宜。我感到這遼闊的田野，這茂盛的莊稼，包括這浩瀚的天空和燦爛的月亮，都是為我準備的。我感到我很偉大。我知道我的月夜孤行是為了文學，我知道一個文學家應該是一個不同尋常的人，我知道許多文學家都曾經幹過常人不敢幹或者不願意幹的事，我感到我的月夜孤行已經使我與凡夫俗子拉開了距離。當然，在常人的眼裡，這很荒誕也很可笑。

我抬頭望月亮，低頭看小草，側耳聽河水。我鑽進高粱地裡聽高粱生長的聲音。我趴在地上，感受大地的顫動，嗅泥土的氣味。我感到收穫很大，但也不知道到底收穫了什麼。

我連續幾次半夜外出，拂曉回家，父母當然知道，但他們從來沒有問過我什麼。只是有一次，我聽到母親對父親說：「他從小膽小，天一黑就不敢出門，現在膽子大了。」

我回答過很多次文學有什麼作用的問題，但一直沒想起我母親的話，現在突然憶起來，那就趕快說——如果再有人問我文學有什麼功能的問題，我就會回答他：「文學使人膽大。」

真正的膽大，其實不是殺人不眨眼，也不是視死如歸，而是一種堅持獨立思考，不隨大流，不被輿論左右，敢於在良心的指引下說話、做事的精神。

在那些月夜裡，我自然沒有找到什麼靈感，但我體會了找靈感的感受。當然，那些月夜裡我所感受到的一切，後來都成為我的靈感的基礎。

我第一次感受到靈感的襲來，是一九八四年冬天我寫作《透明的紅蘿蔔》的時候。那時候我正在解放軍藝術學院學習。一天早晨，在起床號沒有吹響之前，我看到一片很大的蘿蔔地，蘿蔔地中間有一個草棚。紅日初升，天地間一片輝煌。從太陽升起的地方，有一個身穿紅衣的豐滿女子走過來，她手裡舉著一柄魚叉，魚叉上叉著一個閃閃發光的、似乎還透明的紅蘿蔔……

這個夢境讓我感到很激動。我坐下來奮筆疾書，只用了一個星期就寫出了初稿。當然，僅僅一個夢境還構不成一部小說。當然，這樣的夢境也不是憑空產生的。它跟我過去的生活有關，也跟我當時的生活有關。這個夢境，喚醒了我的記憶，我想起了少年時期在橋梁工地上給鐵匠師傅當學徒的經歷。

寫完《透明的紅蘿蔔》不久，我從川端康成的小說《雪國》裡面讀到一段話：「一隻壯碩的黑色秋田狗蹲在潭邊的一塊踏石上，久久地舔著熱水。」我的眼前立即出現了一幅生動的圖畫：街道上白雪皚皚，路邊的水潭裡熱氣蒸騰，黑色的大狗伸出紅色的舌頭，「呱唧呱唧」地舔著熱水。這段話不僅僅是一幅畫面，也是一個旋律，是一個調門，是一個敘事的角度，是一部小說的開頭。我馬上就聯想到了我的高密東北鄉的故事，於是就寫出了：「高密東北鄉原產白色溫馴的大狗，綿延數代之後，很難再見一匹純種。」這樣一段話，就是我最有名的短篇小說《白狗鞦韆架》的開篇。開篇幾句話，確定了整部小說的調門。接下來的寫作如水流淌，彷彿一切早就寫好了，只需我記錄下來就可以了。

實際上，高密東北鄉從來也沒有什麼「白色溫馴的大狗」，牠是川端康成的黑狗引發出的靈感的產物。

在那段時間裡，我經常去書店買書。有的書，寫得很差，但我還是買下。我的想法是：寫得再差的書裡，總是能找到一個好句子的，而一個好句子，很可能就會引發靈感，由此產生一部小說。

我也曾從報紙的新聞上獲得過靈感，譬如，長篇小說《天堂蒜薹之歌》就得益於山東某縣發生的真實事件，而中篇小說《紅蝗》的最初靈感，則是我的一個朋友所寫的一條不實新聞。

我也從偶遇的事件中獲得過靈感，譬如我在地鐵站看到了一個婦女為雙胞胎哺乳，由此而產生了長篇小說《豐乳肥臀》的構思。我在廟宇裡看到壁畫上的六道輪迴圖，由此產生了長篇小說《生死疲勞》的主題架構。

獲得靈感的方式千奇百怪，因人而異，而且是可遇而不可求。像我當年那樣夜半起身到田野裡去尋找靈感，基本上是傻瓜行為——此事在我的故鄉至今還被人笑談。據說有一位立志寫作的小夥子學我的樣子，夜半起身去尋找靈感，險些被巡夜的人當小偷抓起來——這事本身也構成一篇小說了。

靈感這東西確實存在，但無論用什麼方式獲得的靈感，要成為一部作品，還需要大量的工作和大量的材料。靈感也不僅僅出現在作品的構思階段，同樣出現在寫作的過程中，而這寫作過程中的靈感，甚至更為重要。一個漂亮的句子，一句生動的對話，一個含意深長的細節，無不需要靈感光輝的照耀。

一部好的作品，必是被靈感之光籠罩著的作品；而一部平庸的作品，是缺少靈感的作品。我們祈求靈感來襲，就必須深入到生活裡去。我們希望靈感頻頻降臨，就要多讀書多看報。我們希望靈感不斷，就要像預防肥胖那樣，「管住嘴，邁開腿」。從這個意義上說，夜半三更到田野裡去奔跑也是不錯的方法。

（二〇一五年六月十三日）

35 用耳朵閱讀

我在農村度過了漫長的青少年時期。在這期間，我把周圍幾個村子裡那幾本書讀完之後，就與書本脫離了關係。我的知識基本上是用耳朵聽來的。就像諸多作家都有一個會講故事的老祖母一樣，就像諸多作家都從老祖母講述的故事裡汲取了最初的文學靈感一樣，我也有一個很會講故事的祖母，我也從我祖母的故事裡汲取了文學的營養。但我更可以驕傲的是，我除了有一個會講故事的老祖母之外，還有一個會講故事的爺爺，還有一個比我的爺爺更會講故事的大爺爺——我爺爺的哥哥。除了我的爺爺、奶奶、大爺爺之外，村子裡凡是上了點兒歲數的人，都是滿肚子的故事。我在與他們相處的幾十年裡，從他們嘴裡聽說過的故事實在是難以計數。

他們講述的故事神祕恐怖，但十分迷人。在他們的故事裡，死人與活人之間沒有明確的界限，動物、植物之間也沒有明確的界限，甚至許多物品，譬如一把掃地的笤帚、一根頭髮、一顆脫落的牙齒，都可以借助某種機會成為精靈。在他們的故事裡，死去的人其實並沒有遠去，而是和我們生活在一起，一直在暗中注視著我們，保佑著我們，當然也監督著我們。這使我少年時期少幹了許多壞事，因為我怕受到暗中監督著我的死去祖先的懲罰。當然使我多幹了很多好事，因為我相信我幹過的好事遲早會受到獎賞。在他們的故事裡，大部分動物都能夠變化成人形，與人交往，甚至戀愛、結婚、生子。譬如我的祖母就講述過一個公雞與人戀愛的故事。她說一戶人家有一個待字閨中的美麗姑娘，許多人來給這個姑娘說媒，但她死活也不嫁，並說自己已經有了如意郎君。姑娘的母親就留心觀察，果然發現每當夜深人靜的時候，就聽到從女兒的房間裡傳出一個男子的聲音。

這個聲音十分迷人。母親白天就盤問女兒，那個男子是誰，是從哪裡進去的。女兒就說這個青年男子每天夜裡都會出現在她的身邊，天亮之前就悄悄地消失。女兒還說，這個男子每次來時，都穿著一件非常華麗的衣服。母親就告訴女兒，讓她下次把那男子的衣服藏起來。等到夜裡，那個男子又來了。女兒就把他的衣服藏到櫃子裡。天亮前，那個男子又要走，但找不到衣服了。男子苦苦哀求姑娘將衣服還他，但姑娘不還。等到村子裡的雞開始啼鳴時，那男子只好赤裸裸地走了。天明之後，母親打開雞窩，發現從雞窩裡鑽出了一隻渾身赤裸的大公雞。她讓女兒打開櫃子一看，哪裡有什麼衣服？櫃子裡全是雞毛。這是我少年時代聽過的印象最深的故事之一。後來，每當我看到羽毛華麗的公雞和英俊的青年，心中就產生異樣的感覺，我感到他們之間有一種神祕的聯繫，不是公雞變成了青年，就是青年變成了公雞。

離我的家鄉三百里路，就是中國最會寫鬼故事的作家蒲松齡的故鄉。當我成了作家之後，我開始讀他的書，我發現書上的許多故事我小時候都聽說過。我不知道是蒲松齡聽了我的祖先們講述的故事寫成了他的書，還是我的祖先們看了他的書後才開始講故事。現在我當然明白了他的書與我聽說過的故事之間的關係。

爺爺奶奶一輩的老人講述的故事基本上是鬼怪和妖精。父親一輩的人講述的故事大部分是歷史，當然他們講述的歷史是傳奇化了的歷史，與教科書上的歷史大相逕庭。在民間口述的歷史中，充滿了英雄崇拜和命運感，只有那些有非凡意志和非凡體力的人才能進入民間口述歷史並被不斷地傳誦，而且在流傳的過程中被不斷地加工提高。在他們的歷史傳奇故事裡，甚至沒有明確的是非觀念。一個人，哪怕是技藝高超的盜賊、膽大包天的土匪、容貌絕倫的娼妓，都可以進入他們的故事，而講述者在講述這些人的故事時，總是用著讚賞的語氣，臉上總是洋溢著心馳神往的表情。

其實也不僅僅是上了歲數的人才開始講故事，有時候年輕人甚至小孩子也講故事。我十幾歲時聽鄰居家一個五歲的小男孩講過一個故事，至今難忘。他對我說：「馬戲團的狗熊對馬戲團的猴子說：『我要逃跑了。』猴子問：『這裡很好，你為什麼要逃跑？』狗熊說：『你當然好，主人喜歡你，每天餵給你吃蘋果、香蕉，而我每天吃糠咽菜，脖子上還拴著鐵鏈子，主人動不動就用皮鞭子打我。這樣的日子我實在是過夠了，所以我要逃跑了。』」我當時問他：「狗熊跑了沒有？」他說：「沒有。」我問他：「為什麼？」他說：「猴子去跟主人說了。」

在我用耳朵閱讀的漫長生涯中，民間戲曲，尤其是我的故鄉那個名叫「茂腔」的小劇種給了我深刻的影響。「茂腔」唱腔委婉悽切，表演獨特，簡直就是高密東北鄉人民苦難生活的寫照。「茂腔」的旋律伴隨著我度過了青少年時期。在農閒的季節裡，村子裡搭班子唱戲時，我也曾經登台演出；當然，我扮演的都是那些插科打諢的丑角，連化裝都不用。「茂腔」是高密東北鄉人民的開放的學校，是民間的狂歡節，也是感情宣泄的渠道。民間戲曲通俗曉暢、充滿了濃郁生活氣息的戲文，有可能使已經貴族化的小說語言獲得一種新質。我的長篇小說《檀香刑》就是借助於「茂腔」的戲文對小說語言的一次變革嘗試。

當然，除了聆聽從人的嘴巴裡發出的聲音，我還聆聽了大自然的聲音，譬如洪水氾濫的聲音、植物生長的聲音、動物鳴叫的聲音……在動物鳴叫的聲音裡，最讓我難忘的是成千上萬隻青蛙聚集在一起鳴叫的聲音。那是真正的大合唱，聲音洪亮，震耳欲聾，青蛙綠色的脊背和腮邊時收時鼓的氣囊，把水面都遮沒了。那情景讓人不寒而慄、浮想聯翩。

我雖然沒有文化，但通過聆聽——這種用耳朵的閱讀，為日後的寫作做好了準備。我想，我在用耳朵閱讀的二十多年裡，培養起了我與大自然的親密聯繫，培養起了我的歷史觀念、道德觀念，更重要的是培養起了我的想像力和保持不懈的童心。我之所以能成為一個這樣的作家，用這樣的方式進行寫作，寫出這樣的作品，是與我二十多年用耳朵閱讀密切相關的；我之所以能持續不斷地寫作，並且始終充滿著不知道天高地厚的自信，也是依賴著用耳朵閱讀得來的豐富資源。

（二〇〇一年五月十七日）

36 用鼻子寫作

拿破崙曾經說過，哪怕蒙上他的眼睛，憑藉著嗅覺，他也可以回到他的故鄉科西嘉島。因為科西嘉島上有一種植物，風裡有這種植物獨特的氣味。

蘇聯作家蕭洛霍夫在他的小說《靜靜的頓河》裡，也向我們展示了他特別發達的嗅覺。他描寫了頓河河水的氣味；他描寫了草原的青草味、乾草味、腐草味，還有馬匹身上的汗味，當然還有哥薩克男人和女人們身上的氣味。他在他的小說的卷首語裡說：「哎呀，靜靜的頓河，我們的父親！」頓河的氣味，哥薩克草原的氣味，其實就是他的故鄉的氣味。

出生在中俄界河烏蘇里江裡的大馬哈魚，在大海深處長成大魚，在牠們進入產卵期時，能夠洄游萬里，衝破重重險阻，回到牠們的出生地繁殖後代。對魚類這種不可思議的能力，我們不得其解。近年來，魚類學家找到了問題的答案：魚類儘管沒有我們這樣突出的鼻子，但有十分發達的嗅覺和對氣味的記憶能力。就是憑藉著這種能力，憑藉著對牠們出生的母河的氣味的記憶，牠們才能戰勝大海的驚濤駭浪，逆流而上，不怕犧牲，沿途減員，剩下的帶著滿身的傷痕，回到了牠們的故鄉，並在完成了繁殖後代的任務後，無憂無怨地死去。母河的氣味，不但為牠們指引了方向，也是牠們戰勝苦難的力量。

從某種意義上說，大馬哈魚的一生，與作家的一生很是相似。作家的創作，其實也是一個憑藉著對故鄉氣味的回憶，尋找故鄉的過程。

在有了錄音機、錄像機、互聯網的今天，小說的狀物寫景、描圖畫色的功能，已經受到了嚴峻的挑戰。你的文筆無論如何優美準確，也寫不過攝像機的鏡頭了。但唯有氣味，攝像機還沒法子表現出來。這是我們這些當代小說家最後的領地，但我估計好景不長，因為用不了多久，那些科學家就會把錄味機發明出來。能夠散發出氣味的電影和電視也用不了多久就會問世。趁著這些機器還沒有被發明出來，我們應該趕快地寫出洋溢著豐富氣味的小說。

我喜歡閱讀那些有氣味的小說。我認為，有氣味的小說是好的小說，有自己獨特氣味的小說是最好的小說。能讓自己的書充滿氣味的作家是好的作家，能讓自己的書充滿獨特氣味的作家是最好的作家。

一個作家也許需要一個靈敏的鼻子，但僅有靈敏鼻子的人不一定是作家。獵狗的鼻子是最靈敏的，但獵狗不是作家。許多好作家其實患有嚴重的鼻炎，但這並不妨礙他們寫出有獨特氣味的小說。我的意思是，一個作家應該有關於氣味的豐富想像力。一個具有創造力的好作家，在寫作時，應該讓自己筆下的人物和景物，釋放出自己的氣味。即便是沒有氣味的物體，也要用想像力給它們製造出氣味。這樣的例子很多：

德國作家徐四金在他的小說《香水》中，寫了一個具有超凡嗅覺的怪人，他是搜尋氣味、製造香水的邪惡天才，這樣的天才只能誕生在巴黎。這個殘酷的天才腦袋裡儲存了世界上幾乎所有物體的氣味。他反覆比較了這些氣味後，認為世界上最美好的氣味是青春少女的氣味，於是他依靠著他超人的嗅覺，殺死了二十四個美麗的少女，把她們身上的氣味萃取出來，然後製造出了一種香水。當他把這種神奇的香水灑到自己身上時，人們都忘記了他的醜陋，都對他產生了深深的愛意。儘管有確鑿的證據，但人們都不願意相信他就是凶殘的殺手。連被害少女的父親，也對他產生了愛意，愛他甚至勝過了自己的女兒。這個超常的怪人堅定不移地認為，誰控制了人類的嗅覺，誰就占有了世界。

馬奎斯的小說《百年孤寂》中的人物，放出的臭屁能把花朵熏得枯萎，能夠在黑暗的夜晚，憑藉著嗅覺，拐彎抹角地找到自己喜歡的女人。

福克納的小說《聲音與憤怒》裡的一個人物，能嗅到寒冷的氣味。其實寒冷是沒有氣味的，但是福克納這樣寫了，我們也並不感到他寫得過分，反而感到印象深刻，十分逼真。因為這個能嗅到寒冷的氣味的人物是一個白痴。

通過上述的例子和簡單的分析，我們可以發現，小說中實際上存在著兩種氣味，或者說小說中的氣味實際上有兩種寫法。一種是用寫實的筆法，根據作家的生活經驗，尤其是故鄉的經驗，賦予他描寫的物體以氣味，或者說是用氣味來表現他要描寫的物體。另一種寫法就是借助於作家的想像力，給沒有氣味的物體以氣味，給有氣味的物體以別的氣味。寒冷是沒有氣味的，因為寒冷根本就不是物體，但福克納大膽地給了寒冷氣味。死亡也不是物體，死亡也沒有氣味，但馬奎斯讓他的人物能夠嗅到死亡的氣味。

當然，僅僅有氣味還構不成一部小說。作家在寫小說時應該調動起自己的全部感覺器官，你的味覺、你的視覺、你的聽覺、你的觸覺，或者是超出了上述感覺之外的其他神奇感覺。這樣，你的小說也許就會具有生命的氣息。它不再是一堆沒有生命力的文字，而是一個有氣味、有聲音、有溫度、有形狀、有感情的生命活體。我們在初學寫作時常常陷入這樣的困境，即許多在生活中真實發生的故事，本身已經十分曲折、感人，但當我們如實地把它們寫成小說後，讀起來卻感到十分虛假，絲毫沒有打動人心的力量。而許多優秀的小說，我們明明知道是作家的虛構，但卻能使我們深深地受到感動。為什麼會出現這樣的現象呢？我認為問題的關鍵就在於，我們在記述生活中的真實故事時，忘記了我們是創造者，沒有把我們的嗅覺、視覺、聽覺等全部的感覺調動起來。而那些偉大作家的虛構作品，之所以讓我們感到真實，就在於他們寫作時調動了自己的全部的感覺，並且發揮了自己的想像力，創造出了許多奇異的感覺。這就是我們明明知道人不可能變成甲蟲，但我們卻被卡夫卡的《變形記》中人變成了甲蟲的故事打動的根本原因。

當然，作家必須用語言來寫作自己的作品，氣味、色彩、溫度、形狀，都要用語言營造或者說是以語言為載體。沒有語言，一切都不存在。文學作品之所以可以被翻譯，就因為語言承載著具體的內容。所以從方便翻譯的角度來說，小說家也要努力地寫出感覺，營造出有生命感覺的世界。有了感覺才可能有感情。沒有生命感覺的小說，不可能打動人心。

讓我們把記憶中的所有的氣味調動起來，然後循著氣味去尋找我們過去的生活，去找我們的愛情、我們的痛苦、我們的歡樂、我們的寂寞、我們的少年、我們的母親……我們的一切，就像普魯斯特借助了一塊瑪德蓮小甜餅回到了過去。

（二〇〇一年十二月十四日）

37 訴說就是一切

有許多的人，在許多的時刻，心中都會或明或暗地浮現出拒絕長大的念頭。這樣一個富有意味的文學命題，在幾十年前就被德國的君特·格拉斯表現過了。事情總是這樣，別人表現過的東西，你看了知道好，但如果再要去表現，就成了模仿。君特·格拉斯的《鐵皮鼓》裡那個奧斯卡，目睹了人間太多的醜惡，三歲那年自己跌下酒窖，從此不再長大。

不再長大的只是他的身體，而他的精神，卻以近乎邪惡的方式，不斷地長大，長得比一般人還要大，還要複雜。現實生活中，不大可能有這樣的事情，但正因為現實生活中不大可能有這樣的事情，所以出現在小說裡才那麼意味深長，才那麼發人深思。

《四十一炮》只能反其道而行之。主人公羅小通在那座五通神廟裡對蘭大和尚訴說他的童年往事時，身體已經長得很大，但他的精神還沒有長大。或者說，他的身體已經成年，但他的精神還停留在少年。這樣的人，很像一個白痴，但羅小通不是白痴，否則這部小說就失去了存在的價值。

拒絕長大的心理動機，源於對成人世界的恐懼，源於對衰老的恐懼，源於對死亡的恐懼，源於對時間流逝的恐懼。羅小通試圖用喋喋不休的訴說來挽留逝去的少年時光。本書的作者，企圖用寫作挽住時間的車輪。彷彿一個溺水的人，死死地抓住一根稻草，想借此阻止身體的下沉。儘管這是徒勞的，但不失為一種自我安慰的方式。

看起來是小說的主人公在訴說自己的少年時光，但其實是小說作者讓小說的主人公用訴說創造自己的少年時光，也是用寫作挽留自己的少年時光。借小說中的主人公之口，再造少年歲月，與蒼白的人生抗衡，與失敗的奮鬥抗衡，與流逝的時光抗衡，這是寫作這個職業的唯一可以驕傲之處。所有在生活中沒有得到滿足的，都可以在訴說中得到滿足。

這也是寫作者的自我救贖之道。用敘述的華美和豐盛，來彌補生活的蒼白和性格的缺陷，這是一個恆久的創作現象。

在這樣的創作動機下，《四十一炮》所展示的故事，就沒有太大的意義。在這本書中，訴說就是目的，訴說就是主題，訴說就是思想。訴說的目的就是訴說。如果非要給這部小說確定一個故事，那麼，這個故事就是一個少年滔滔不絕地講故事。

所謂作家，就是在訴說中求生存，並在訴說中得到滿足和解脫的過程。與任何事物一樣，作家也是一個過程。

許多作家，終其一生，都是一個長不大的孩子，或者說是一個生怕長大的孩子。當然也有許多作家不是這樣的。生怕長大，但又不可避免地要長大，這個矛盾，就是一塊小說的酵母，可以由此生發出很多的小說。

羅小通是一個滿口謊言的孩子，一個信口開河的孩子，一個在訴說中得到了滿足的孩子。訴說就是他的最終目的。在這樣的語言濁流中，故事既是語言的載體，又是語言的副產品。思想呢？思想就說不上了，我向來以沒有思想為榮，尤其是在寫小說的時候。

羅小通講述的故事，剛開始還有幾分「真實」，但愈到後來，愈成為一種亦真亦幻的隨機創作。訴說一旦開始，就獲得了一種慣性，自己推動著自己前進。在這個過程中，訴說者逐漸變成訴說的工具。與其說是他在講故事，不如說是故事在講他。

訴說者像煞有介事的腔調，能讓一切不真實都變得「真實」起來。一個寫小說的，只要找到了這種「像煞有介事」的腔調，就等於找到了那把開啟小說聖殿之門的鑰匙。當然這只是我的一種感悟，無論是淺薄，抑或是偏執，也還是說出來。其實這也不是我的發明，許多作家都感悟到了，只是說法不同罷了。

這部小說中的部分情節，曾經做為一部中篇小說發表過。但這絲毫不影響這部小說的「新」，因為那三萬字，相對於這三十多萬字，也是一塊酵母。當我準備了足夠的「麵粉」和「水分」，提供了合適的「溫度」之後，它便猛烈地膨脹開來。

羅小通在講述自己的故事時，從年齡上看已經不是孩子，但實際上他還是一個孩子。他是我的諸多「兒童視角」小說中的兒童的一個首領，他用語言的濁流沖決了兒童和成人之間的堤壩，也使我所有型別的小說，在這部小說之後，彼此貫通，成為一個整體。

在寫作這本書的過程中，羅小通就是我。但他現在已經不是我了。

（二〇〇三年五月）

附錄一
影響過我的十位諾獎作家

我的寫作生涯中，也曾受過一些諾獎作家的影響，也有許多作家，為我提供了寫作靈感。今天，想跟大家分享一下這些優秀作家。

1. 亨利克・顯克維奇

（Henryk Sienkiewicz，一九〇五年諾貝爾文學獎得主）

顯克維奇的《燈塔看守人》，是我開始學習寫小說時讀到的。當時我已經不滿足於讀一個故事，而是要學習人家的「語言」。本篇中關於大海的描寫我熟讀到能背誦的程度。接受了我稿子的編輯，誤以為我在海島上當過兵或是一個漁家兒郎。

我通過閱讀這篇小說認識到，應該把海洋當成一個有生命的東西寫。我翻閱了大量的有關海洋的書籍，就坐在山溝裡寫起了海洋小說。

2. 威廉・福克納

（William Faulkner，一九四九年諾貝爾文學獎得主）

十幾年前，我買了一本《聲音與憤怒》，認識了這個叼著菸斗的美國老頭。讀到第四頁的最末兩行：「我已經一點也不覺得鐵門冷了，不過我還能聞到耀眼的冷的氣味。」看到這裡，我把書合上了，好像福克納老頭拍著我的肩膀說：「行了，小夥子，不用再讀了！」

我立即明白了我應該高舉起「高密東北鄉」這面大旗，把那裡的土地、河流、樹木、莊稼、花鳥蟲魚、痴男浪女、地痞流氓、英雄好漢……統統寫進我的小說，建立一個文學共和國。從此後，我再也不必為找不到要寫的東西而發愁，而是要為寫不過來而發愁了。

3. 米哈伊爾・蕭洛霍夫

（Mikhail Sholokhov，一九六五年諾貝爾文學獎得主）

為什麼好的小說，在讀的過程當中彷彿能聞到氣味？我們讀蕭洛霍夫的頓河描寫，夜晚去捕魚，彷彿感覺到水的腥冷，感覺到魚鱗沾到身上，聞到腥味。作家寫作的時候調動了自身的或者人物全部的感官，他的視覺、聽覺、嗅覺、觸覺、聯想全部調動起來了，全方位、立體化的。小說就產生了力量、說服力。即便是虛構的故事，也色、香、味俱全。

4. 川端康成

（一九六八年諾貝爾文學獎得主）

一九八四年前冬天裡的一個深夜，當我從川端康成的《雪國》裡，讀到「一隻壯碩的黑色秋田狗蹲在潭邊的一塊踏石上，久久地舔著熱水」這樣一個句子時，一幅生動的畫面栩栩如生地出現在我的眼前，令我激動不安，興奮無比。

我明白了什麼是小說，我知道了我應該寫什麼，也知道了應該怎樣寫。這樣一句話，如同暗夜中的燈塔，照亮了我前進的道路。我已經顧不上把《雪國》讀完，放下書，我就抓起了自己的筆。

5. 巴勃羅・聶魯達

（Pablo Neruda，一九七一年諾貝爾文學獎得主）

聶魯達的銅像

現在是半夜
京師學堂裡悄無聲息
窗外的鵲巢裡
喜鵲在囈語
我用沾了清水的絨布
擦拭你的銅像
鼻子眼窩與耳輪
月光如水
送來美洲的孤獨與記憶
彎腰時我聽你冷笑
抬頭時你面帶微笑
彷彿我是銅像，而你是

鑄造銅像的匠人
不是我擦拭你的臉
而是你點燃我的心

6. 賈西亞・馬奎斯

（Gabriel García Márquez，一九八二年諾貝爾文學獎得主）

我認為，《百年孤寂》這部標誌著拉美文學高峰的巨著，具有驚世駭俗的藝術力量和思想力量。它最初使我震驚的是那些顛倒時空秩序、交叉生命世界、極度渲染誇張的藝術手法，但經過認真思索之後，才發現，藝術上的東西，總是表層。《百年孤寂》值得借鑑的，是馬奎斯的哲學思想，是他獨特的認識世界、認識人類的方式。

我認為他在用一顆悲愴的心靈，去尋找拉美迷失的溫暖的精神的家園。他認為世界是一個輪迴，在廣闊無垠的宇宙中，人的位置十分渺小。他站在一個非常的高峰，充滿同情地鳥瞰這紛紛攘攘的人類世界。

7. 大江健三郎

（一九九四年諾貝爾文學獎得主）

大江先生毫無疑問是我的老師。無論是從做人方面還是從藝術方面，他都值得我終身學習。他總是表現得那樣謙虛。他毫無疑問是大師，但他總是把自己看得很低。他緊張、拘謹、執著、認真，總是怕給別人添麻煩，總是處處為他人著想。因此，每跟他接觸一次，心中就增添幾分對他的敬意，同時也會提醒自己保持清醒的頭腦。

8. 君特．格拉斯

（Günter Grass，一九九九年諾貝爾文學獎得主）

格拉斯大叔的瓷盤

我把打鐵的經歷寫進了小說
《透明的紅蘿蔔》
我在《鐵皮鼓》裡發現了
鑿石碑的你
好的小說裡總是有
作家的童年
讀者的童年
期望我的尖叫
能讓碎玻璃復原

在一個黃昏我進入
一個動亂後的城市
我流著眼淚尖叫
所有的碎玻璃飛起
回到了原來的位置
像飢餓的蜜蜂歸巢
不留半點痕跡
有一個調皮的少年
踩著玻璃碎屑不放
玻璃穿透了他的腳掌和鞋子
傷口很大但瞬間平復
沒有一絲血跡
朱老師的眼鏡片
從三十里外的車廂裡

從路邊的陰溝裡
飛來與他的鏡框團圓

9. 奧罕．帕慕克
（Orhan Pamuk，二〇〇六年諾貝爾文學獎得主）

雪，無處不在的雪，變幻不定的雪，是小說《雪》中最大的象徵符號。雪無處不在，人物在雪中活動，愛情和陰謀在雪中孕育，思想在雪中運行。雪製造了小城裡撲朔迷離、變幻莫測的氛圍。

這裡的人，這裡的物，包括一條狗，都彷彿蒙上了一層神祕色彩。帕慕克在書中數百處寫了雪，但每一筆都很樸實。每一筆寫的都是雪，但因為他的雪都與心境、感受密切結合著寫，他的雪就具有了生命，象徵也就因此而產生。寫過雪的作家成千上萬，但能把雪寫得如此豐富，帕慕克是第一人。

10. 巴爾加斯・尤薩

（Mario Vargas Llosa，二〇一〇年諾貝爾文學獎得主）

秘魯作家巴爾加斯・尤薩的長篇小說，讓我第一次認識到小說結構的問題。像《世界末日之戰》、《綠房子》等這些小說，它們都有不一樣的結構。也就是說，他是在這方面花了大力氣的，在這方面費盡了心思，殫精竭慮地在小說結構上做出努力。

他有些小說的結構已經完全與內容水乳交融，完美地結合在一起，沒有這樣的結構，就沒有這部小說；反過來呢，沒有小說故事，也就不會產生這樣奇妙的藝術上的佳構。

附錄二

莫言寫作小技巧

1. 閱讀，是最好的老師

如果文學創作和小說創作有什麼技巧的話，那就是閱讀，它是最好的老師。任何一個作家真正的文學之路，都是從閱讀開始的。

2. 讀得多，但不寫也不行

多閱讀是提高寫作水平的必由之路，讀得多，但不寫也不行，當我們有了一定閱讀量之後，就應該拿起筆來學習寫作。

3. 初期寫作，不要回避模仿

我的經驗是初期的學習寫作，不要回避模仿，我的《春夜雨霏霏》，就是模仿茨威格的《一個陌生女子的來信》，包括魯迅，其早期的作品也都有模仿的痕跡——像《狂人日記》就是模仿的俄國作家果戈理的同名小說。但一定要在大量模仿的過程當中，逐漸地形成自己對語言的一種獨特的風格感受，這是把握語感的過程。久而久之才可以讓我們頭腦中存在大量的詞彙，接受我們感情的支配，然後組織成屬於自己的文學語言。

4. 寫作，可以從自己寫起

寫自己親身經歷的事，寫自己身邊的事，寫自己親朋好友的事，寫自己感受最深的事，等等。

總之，剛開始寫作，應該把「我」寫進去，「我」是加引號的。比如說《蛙》裡的「姑姑」，我生活中確實有一個姑姑是做醫生的，她是我大爺爺的女兒。我們下一代，甚至是下一代的下一代，高密東北鄉成千上萬的嬰兒都是通過她的手來到人間，這個人在我們故鄉本身就有很高的威信，也很傳奇。正是生活中有了這樣一位非常有人性，非常文學化、戲劇化的人物，在這個基礎上我們才能把她變成文學裡很典型的人物。

不管怎麼說，文學確實還是離不開生活的。寫童年其實就是寫故鄉，寫故鄉就是寫自己最熟悉的人群。

5. 可以把小說寫成給親朋好友的信件

如果在寫作的時候找不到一種文字的感覺，或者說找不到一種敘述的腔調的時候，我建議大家把小說寫成給親朋好友的信件。不管文學水平是高還是低，我想大家都是寫過信的。當我們擺出稿紙來，一本正經地要寫小說的時候，往往感覺到落筆比較困難。但如果我們拿出信紙來要給親朋好友寫封信的時候，是不是會感覺到很輕鬆呢？

6. 寫作時，要調動自己的全部感官

寫作時，要調動自己的全部感官大膽虛構。比如說你看到了一朵花，這花是什麼顏色的，是什麼形狀的，散發著什麼樣的氣味，圍繞這朵花有沒有蜜蜂來採蜜，有沒有蝴蝶在飛翔，花萼上有沒有蟲子呀，花瓣上有沒有露珠啊……

你的耳朵聽到的，眼睛看到的，鼻子聞到的，以及你的身體、皮膚感受到的，以及你聯想到的、想像到的，那麼這樣你就感覺到會有很多的話說，這樣你就有很多的細節可以使用。

7. 學會從聽故事的人，變成講故事的人

我還有一筆更為寶貴的財富，這就是我在漫長的農村生活中聽到的故事和傳說。就像諸多作家都有一個會講故事的老祖母一樣，就像諸多作家都從老祖母的故事裡汲取了文學的營養，我除了有一個會講故事的老祖母之外，還有一個會講故事的爺爺，還有一個比我的爺爺更會講故事的大爺爺——我爺爺的哥哥。從他們嘴裡聽來的故事實在是難以計數，這些培養了我在文學創作中不知道天高地厚的自信，和與文學、藝術相關的想像力。

後記

和莫言聊聊天

1. 和莫言聊聊興趣愛好

現在網上流傳的「莫言書法」裡，確實有很多不是我寫的。

我選擇練書法，可能也跟童年記憶有關係。在我們村裡，能夠寫一手很好的毛筆字的人，會被人高看一眼。比如過年的時候，村裡的人會拿著紙，帶著幾個雞蛋到那些能寫對聯的人家裡去，讓幫著寫對聯。我對能寫一手好字的人充滿了尊敬和羨慕。我父親也反覆地教育過年幼的我，一定要把字寫好看。說你能寫一手好字，就誰也剝奪不去。所以我從小就有了要寫好毛筆字的想法。後來我到棉花加工廠做臨時工的時候，有幾個朋友能寫很好的毛筆字，他們也給我樹立了榜樣。寫書法當然要有天分，但更重要的是苦練。我一直用鋼筆寫小說，沒空練習書法。二〇〇五年，我跟著一個訪問團出國，想帶一些書法作品做為禮物送給外國友人。幾個朋友動員我自己寫，可我當時寫的書法實在拿不出手。於是，回國後我就開始練習。這些年雖說不是每天都寫，但也是不間斷在練。這幾年開了「兩塊磚墨訊」公眾號以後，我就更頻繁地寫毛筆字了。

剛開始我也抄了很多的唐詩宋詞，一個人一輩子不抄別人的詩詞，那是不可能的。不可能每天都有自己的語句要寫，也不可能拿起筆就能夠寫出很好的律詩，更可能寫的是順口溜。如果這些順口溜流傳下去，人家就會用格律詩的要求來衡量你，這樣就漏洞百出了，所以我現在很後悔，當初寫了很多東西隨手送了人，現在有的就變成了笑柄，甚至給我帶來了麻煩。不過這也沒有關係，我覺得一個人只有知道自己的弱點以後，才可能痛下決心，才可能取得進步。這兩年我確實下了不少功夫學習格律詩詞，也認真地臨摹先賢們的書法，虛心地與同行們交流。如果大家能夠客觀地評價，就應該承認我這些年來的進步。當然，現在網上流傳的「莫言書法」裡，確實有很多不是我寫的。希望大家關注「兩塊磚墨訊」，那裡邊有我近年來學詩、練字的軌跡。作家裡面寫字好的人不少。今年春節期間，我邀請了幾個字寫得好的朋友，讓他們參加了書法拍賣活動，拍得很成功。也就是說，他們賣的字已經發揮了作用，救助了生病的孩子，變成善行了，接下來，這一類的事情我們還會再做一些。

書法跟小說也有相通之處，小說寫到極致以後，寫的就是作家那種個性。書法家寫到極致以後，也可以通過書法看到這個人性格方面的一些特徵。所謂的字如其人，是指書法到了一個相當高的境界之後，才能夠通過書寫把個性顯示出來。所有的藝術門類好像都是這樣。如果我的書法真的跟我的小說產生了一種類似的風格的話，那就可以說我的字距離「書法」稍微靠近了一點兒。當然我永遠不會成為一個書法家，我也永遠不敢把書法家的帽子戴到自己頭上，我就是一個書法愛好者，是一個書友。

2. 和莫言聊聊人生理想

寫了多年小說以後，成為一個劇作家的夢想，也始終沒有泯滅。

對戲劇的熱愛，跟我自己的童年經歷有關係。當時我們在農村，能看的書很少，老師手裡以及村子裡面能夠找到的書也就幾十本，看完了以後就沒得看了。那會兒一年下來，能夠有一兩場電影，縣裡的電影隊推著獨輪車下來巡迴放映。

更多的都是地方戲曲，因為每個村裡面都有業餘劇團。春節前後、農閒的時候，劇團會上演一些戲。經常是你到我村裡演，我到你村裡演，在這樣一種環境裡邊，戲劇就變成了我接受教育的一種方式。這符合很多先賢的論述：戲劇就是老百姓的教材，演員就是老百姓的教師，舞台就是老百姓公開的課堂。鄉村集市上說書人的說唱實際上算是一種準戲劇，其繪聲繪色的演繹既是在說書又是在表演。我當兵以後到了部隊，讀的書也多了，書裡也包括一些劇本。

當兵以前在家裡的時候，我從大哥留下的中學語文課本裡面讀到了曹禺的《日出》、《雷雨》的片段，還有郭沫若的《屈原》、《棠棣之花》。戲劇對我來講，一直就是一個夢想。我那時候感覺能夠寫一個劇本讓別人演，是了不起的。我後來到了部隊開始文學創作的時候，第一個作品就是一部話劇。當時沒有寫好，手稿也被我燒掉了，我非常遺憾，很後悔。寫了多年小說以後，成為一個劇作家的夢想，也始終沒有泯滅。

中國傳統小說裡邊最重要的一個手段就是白描，就是不直接去刻劃人物的內心，而是通過人物的語言、行為、動作，把人物的性格、內心表現出來。我覺得中國作家如果比較熱愛古典文學的話，轉向話劇創作應該是輕鬆的。很多前輩給我們樹立了很好的榜樣，比如老舍先生。

3. 和莫言聊聊人的欲望

欲望是一個中性的詞。

欲望是一個中性的詞，沒有欲望，人類不可能延續，人活著也沒有什麼動力，也就沒有追求和希望了。想過好日子，想吃好的穿好的，想成名成家，想升官發財，想建功立業，這一切都是欲望。所以我覺得欲望本身就是一個中性的詞。但是，我們現在談的欲望往往是往壞的這一方面來想，一提到欲望好像就涉及一些負面的東西。實際上沒有欲望肯定是不可以的，如果沒有欲望，這個社會不能延續，人類也不能延續。但是任何欲望一旦過度，必然會帶來巨大的副作用。你想吃，吃太多了，會傷了你的胃，讓你的身體變得肥胖；你愛喝酒，喝多了會酒精中毒，會胡言亂語；等等。欲望如果不控制，就會反過來對主體造成傷害，而且氾濫開來的話也會傷害他人、傷害社會，損害道德、法律等。「鱷魚」這個話劇實際上也是從廣泛的角度來擴展到人跟欲望之間、人跟社會之間的關係。相信讀了劇本看了戲以後，受到震撼的也不僅僅是那些貪官，一般的讀者和觀眾也會有所感觸。

4. 和莫言聊聊愛與付出

看起來是我們幫助了這些孩子，實際上是這些孩子幫助了我們。

在我看來，慈善是每個人的內心需要。每個人生來都有善心，都有惻隱之心。惻隱之心實際上就是善心的基礎。我們看到弱小的動物、可愛的孩子，都想抱一抱，都想保護，這就是人善的本性。現實生活中，因為各種各樣的原因，會有一些人處在需要別人幫助的境地。無論一個人多麼強大，無論他有多少錢，無論此時他的身體多麼強壯、事業多麼輝煌，在漫長的一生中，都會有軟弱的時候，有需要別人幫助的時候。現在我幫助別人，過不了多久，也許別人就會來幫助我。所以，沒有誰是絕對的付出，也沒有誰就是絕對的收穫。在這幾年的慈善活動過程當中，我們已幫助了四百多個孩子。我們的體會就是：看起來是我們拿出一點兒錢來幫助他們做手術，幫助他們恢復健康，但其實這些孩子給予我們的溫暖，讓我們收穫更多。看起來是我們幫助了這些孩子，實際上是這些孩子幫助了我們。因為在幫助他們的過程中，我變得朝氣蓬勃，使我年近古稀還在路上奔跑，使我擁有充沛的創作激情。我說的這些都是實話，不是故意說好聽的。舉個例子說，當我們握著這些孩子的小手，陪他們去天安門廣場的時候，覺得心裡得到了巨大的安慰。這種安慰遠遠超出了我們的付出。我想，慈善不僅是付出，還是獲得。

「兩塊磚墨訊」公眾號跟慈善結合起來以後，我感覺到，這不僅僅是我與王振兩個人的小樂趣，而且具有了一定的社會意義。我們跟中華慈善總會、《中國慈善家》雜誌等單位共同建立了一個「莫言同心」的專案，救助患先心病的兒童，也幫助孤獨症*患兒。在網上展開了籌款的活動之後，我跟王振帶頭捐第一筆款。我個人的感覺是，文化跟慈善結合起來以後，就像插上了一雙翅膀，會飛得更高更遠。

5. 和莫言聊聊運動計畫

就是知道自己老了，但是不能服老，要努力往前跑。

兩三年前，我有游黃河的想法，當時我去黃河入海口和壺口瀑布參觀，還參加了中央電視台「跟著黃河入大海」的節目。我心裡有很多感想，覺得一個中國人，一輩子裡，應該有一次遨遊黃河的體驗。我本來是要跟王振到他老家的黃河邊去實現這個夢想的。但是當地的朋友說不行，風險太大，就不讓我們去。隨著

* 繁中版編注：Autism Spectrum Disorder，指自閉症類疾患。

時間的推移，年齡的增長，橫渡黃河可能真是有點兒懸了。但是我們下海游泳了，去年游過波斯灣、印度洋。游黃河，實際上有一種象徵意義，就是知道自己老了，但是不能服老，要努力往前跑。我要通過這樣的方式來更多地跟大自然接觸，我在大海裡浸泡過，爬上過高山，跳入過黃河，這就是豐富的人生的體驗，也是人跟大自然的密切接觸。實際上最根本的目的還是要為文學創作做準備。

6. 和莫言聊聊人工智能

作家這個職業短期之內是不會失業的。

任何一次科技的進步，實際上都是一把雙刃劍。比如說，手機給人類的通訊聯絡提供了很大的便利，但同時，手機也使我們慢慢減少了面對面的現實來往。此前，我們會拿起筆寫信，現在很少有人再用筆寫信了，都是在網上打字發訊息。現在，人工智能的發展導致很多簡單的文稿不需要自己親自寫了。這兩天，我看到一些文章，打眼看起來很高大上，但是認真一看，就知道這不是人寫的，是機器寫的。我個人認為，這種東西如果氾濫開來的話，毫無疑問是對人的寫作能力的一種傷害。但是技術發展的潮流，很難直接靠拒絕去抵擋住。前不久，我跟作家古納*在北師大對談的時候也談到這個問題。我說，作家這個職業短期之內是不會失業的。因為，塑造個性化的人物，訓練個性化的語言，是作家的立足之本。我當時就跟古納開玩笑說，在有生之年，我們應該失不了業，但是再下去就不好說了。我想，不能讓技術成為人的主宰，只能讓它變成為人服務的工具。如果讓技術主宰了我們的生活，讓它占有了我們大量的時間，讓我們自己不願意動腦筋，變得一切都得依靠它們，那對整個人類來說都將會是巨大的傷害。總之，我們一邊要對技術保持開放心態，與時俱進，同時也要保持清醒的頭腦和足夠的警惕心。

人工智能強大的學習能力，能倒逼著我，想新的辦法跟它賽跑，我要求新、

* 繁中版編注：Abdulrazak Gurnah，坦尚尼亞裔英國作家，二〇二一年諾貝爾文學獎得主。

求變，要更加突出自己的個性。一個人怎麼樣才能夠改變自己的風格？一個人怎麼樣才能夠突破自己的局限？我認為，就是要敞開心懷、放開眼界，大膽地、努力地、謙虛地向他人學習，向外界學習，尤其是向那些跟文學離得比較遠、感覺沒有關係的一些門類的學問學習，這樣才有可能創新。

7. 和莫言聊聊創意寫作

實在寫不出來的時候，就左手舉觴，右手拿筆，耐心等待靈感襲來。

教育部已經把創意寫作納入了二級學科。我認為，文學創作是可以教的，當然跟教古漢語的方式肯定不一樣。對兩個不同的小說家或是詩人，必須根據他們的創作個性來向他們擅長的方面引導。創意寫作教育，實際上就是幫助學生發現他自己——幫助學生總結經驗，幫助學生發揮他的長項，走得更遠。這也是我的個人體會，因為我當年也在解放軍藝術學院文學系學習過文學寫作。後來有人問我那兩年學習最大的收穫是什麼，我說最大的收穫是通過大量地閱讀他人作品，也通過大量的寫作實踐，發現了自我，找到了自己應該走的道路。像焦典這樣的年輕人，我也是希望用這樣的方式來啟發他們。我還要特別補充一點：教學相長。我們在讀他們作品的時候，實際上也在接受他們的教育，接受他們的啟發。我們北師大國際寫作中心有一個大師工作坊，現在已經辦了十七期了，我們每一期都會集中地研究一個學生的作品。我們請作家，也請編輯，大家一塊兒來研討。在這樣一個過程中，學生很受益。我想參加這個研討活動的人也都會受益。做為一個老作家，我看了年輕作家的作品，感覺到他們有很多新的東西。他們對我不熟悉的文學技巧的熟練運用以及獨具特色的語言，都讓我耳目一新。所以帶學生的過程也是我學習的過程。

每一個時代都有每一個時代的作家，這是不可替代的。因為每一個時代的生活都不一樣。而且同一個時代的作家，其出身、所受的教育、個人的性格，都是不一樣的，所以寫出來的作品也都是不一樣的，這就是真正的百花齊放了。另外，現在的孩子們感覺到壓力很大，有種種的不如意，奮鬥當中有很多的障礙和困難，尤其是寫作的時候會碰到很多的障礙。現在我回頭想一下，客觀地講，我們那個時候所遇到的困難也不小，甚至我覺得某些方面比現在所遇到的障礙更難跨越。但是沒有別的辦法，你如果認準了要走這條道路，只能刻苦學習！努力地寫，通過寫作來改變自己！當然，這裡邊也有一個技巧問題，你不能悶著頭，只管低頭拉車，不知抬頭看路，那就有可能拉到溝裡去了。我個人的建議是，要廣泛地閱讀，不僅僅是閱讀中國古典文學，閱讀中國作家的作品，也要閱讀外國作家的作品，更要盡量閱讀外國同行們當下的作品，閱讀跟自己同時代的作家們的作品。都說同行是冤家，我覺得應該改變，一個作家必須看左鄰右舍的作品，大家互相學習，你就能看到別人和自己不一樣的地方，你才知道你的長項在哪裡，短板在哪裡。所以我覺得大家還是腳踏實地努力奮鬥吧。實在寫不出來的時候，就左手舉觴，右手拿筆，耐心等待靈感襲來。

8. 和莫言聊聊閱讀經典

隨著讀者的成長，其實書也會成長。

我現在的閱讀主要是重複閱讀，回頭來看當年讀過的書。坦率地說，現在我的案頭上擺的都是《戰爭與和平》、《靜靜的頓河》。這兩套書，二十世紀八〇年代初期我都反覆地讀過了，現在過了四十年回頭再來讀，還是有很多新鮮的感受，這大概就是經典的魅力。隨著讀者的成長，其實書也會成長。雖然書還是那本書，但是讀這本書的人狀態不一樣了。比如說，同一本書，我三十來歲時讀出的東西，跟我七十歲讀出的東西，肯定是不一樣的。

9. 和莫言聊聊文學命運

只有閱讀了大量的文學作品，心靈才可能變得更加豐富，靈感也許才能夠被調動起來。

戲劇是一種文學，電影文學劇本、電視劇劇本也是一種文學的樣式。小說、詩歌當然更不用說了。音樂家用五線譜、簡譜來創作，跟文學也有關係。我相信，文學是一切藝術的基礎。只有閱讀了大量的文學作品，心靈才可能變得更加豐富，靈感也許才能夠被調動起來。這也是文學不會被別的藝術形式所代替的原因吧。今年春節期間出了一個人工智能軟體，輸入一段簡單的文字內容，馬上就會產生一個視頻或者產生一部電影。做為一個作家，講一個故事，然後一部電影就拍出來了，導演和演員似乎都不需要了。這不更加證明了文學的重要性了嗎？當然作家也不要沾沾自喜，需要提高我們講故事的水平，提高我們的語言能力，才有可能在未來殘酷的競爭中，有我們這個職業的立足之地。

（二〇二四年三月）

國家圖書館出版品預行編目（CIP）資料

不被大風吹倒／莫言著. -- 第一版. -- 臺北市：遠見天下文化出版股份有限公司, 2025.02
256面；14.8×21公分. --（華文創作；BLC116）
ISBN 978-626-417-150-2（平裝）

855 113020855

華文創作 BLC116

不被大風吹倒

作者 — 莫言

副社長兼總編輯 — 吳佩穎
責任編輯 — 楊逸竹、許景理、陳怡琳
校對 — 魏秋綢（特約）
封面設計 — 張議文
內頁排版 — 張靜怡、楊仕堯（特約）

出版者 — 遠見天下文化出版股份有限公司
創辦人 — 高希均、王力行
遠見・天下文化　事業群榮譽董事長 — 高希均
遠見・天下文化　事業群董事長 — 王力行
天下文化社長 — 王力行
天下文化總經理 — 鄧瑋羚
國際事務開發部兼版權中心總監 — 潘欣
法律顧問 — 理律法律事務所　陳長文律師
著作權顧問 — 魏啟翔律師
地址 — 台北市 104 松江路 93 巷 1 號

讀者服務專線 — (02) 2662-0012 ｜傳真 — (02) 2662-0007；(02) 2662-0009
電子郵件信箱 — cwpc@cwgv.com.tw
直接郵撥帳號 — 1326703-6 號　遠見天下文化出版股份有限公司

製版廠 — 中原造像股份有限公司
印刷廠 — 中原造像股份有限公司
裝訂廠 — 中原造像股份有限公司
登記證 — 局版台業字第 2517 號
總經銷 — 大和書報圖書股份有限公司｜電話 — (02) 8990-2588
出版日期 — 2025 年 2 月 6 日第一版第 1 次印行
2025 年 6 月 17 日第一版第 4 次印行

定價 — NT 400 元
ISBN — 978-626-417-150-2
EISBN — 978-626-417-147-2（EPUB）；978-626-417-146-5（PDF）
書號 — BLC116
天下文化官網 — bookzone.cwgv.com.tw

天下文化

BELIEVE IN READING